**초판 1쇄 인쇄일** 2016년 5월 20일 ┃ **초판 1쇄 발행일** 2016년 5월 24일

**지은이** 발칸레이븐 ┃ **펴낸이** 곽중열 ┃ **담당편집 팀장** 이범수
**편집부** 신연제 이윤아 홍현주

**펴낸곳** (주)조은세상 ┃ **출판등록** 제 2002-23호
**주소** 경기도 연천군 미산면 청정로 1355
TEL 편집부 02)587-2966 ┃ FAX 02)587-2922
e-mail bukdu@comics21c.co.kr

※잘못 만들어진 책은 바꿔 드립니다.
※저자와의 협의에 의해 인지는 생략합니다.

발칸레이븐 현대 판타지 장편소설

NEO MODERN FANTASY STORY & ADVENTURE

# 전설이 ①
# 돌아왔다

북두

# CONTENTS

NEO MODERN FANTASY STORY

# CONTENTS

NEO MODERN FANTASY STORY

## Part 프롤로그

강혁준.

그는 살아있는 전설이었다.

강혁준은 모두가 불가능하다고 입을 모았던 일을 아무렇지 않게 성공시켰다.

첫 번째로 그는 인간의 육체로 각성자의 기원을 이루어 냈다.

유일무이한 SSS 등급.

그는 단신으로 악마의 군단을 상대할만큼 강한 남자였다.

두 번째로 그는 홀로 악마 대군주를 사냥했다. 원래 대군주는 대적불가능한 존재로 여겨졌다. 하지만 그런 상식이 강혁준에겐 통하지 않았다.

인간으로서 그는 더 이상 사냥감이 아니었다. 오히려 악마들이 두려워하는 포식자로 거듭난 것이었다.

세 번째로 그는 공의로운 지도자였다.

각성자와 비각성자의 차별을 그는 인정하지 않았다.

'인간은 날 때부터 평등하다.'

그것은 그의 지론이었다. 그는 인간이 누릴 수 있는 최고의 향락도 마다하고, 인류를 위해 고난의 길을 걸었던 것이다.

라 그마이스 요새.

악마 대군주 나베리우스를 처단하고 얻어낸 전리품이었다. 강혁준은 그곳을 보금자리를 삼았다. 그리고 내려진 칙령은 모두가 깜짝 놀랄만한 것이었다.

—능력고하를 따지지 않고 성의 시민을 받아들인다.

비각성자는 인간 이하의 삶을 살아야 했다. 하지만 강혁준 앞에서는 각성자와 비각성자는 동일한 위치에 존재했다.

강혁준은 철권통치를 하였지만, 법의 테두리에서 벗어나지 않았다. 그는 쇠퇴한 인류를 다시 부흥시키기 위해 온갖 노력을 기울였다.

하지만…….

화무십일홍이라고 했던가?

러시아 시베리아 벌판.

그 춥고 척박한 곳에서 강혁준은 서서히 죽어가고 있었다.

"쿨럭……."

강인하며 지칠 줄 모르던 육체는 너덜너덜한 걸레처럼 되었다. 왼팔은 이미 갈가리 찢겨졌으며, 그의 복부에는 이미 여러 개의 창칼이 박혀 있었다.

"흐… 흐흐흐……."

그런 치명적인 상처를 입고도 강혁준은 실성한 듯 웃는다.

"무엇이 그리 웃기는가?"

단단한 갑주를 입은 자가 묻는다.

그의 이름은 김주찬.

주작 클랜의 마스터로서 S등급의 각성자이다. 강혁준이 아니었다면 인류 최강의 자리에 오를 사내였다.

"너 같은 머저리가 설마 배신을 할 거라고 생각지 못했기 때문이지. 하하하……."

김주찬의 얼굴은 일그러졌다. 결국 분함을 못 참고 볼품 없이 쓰러져있는 강혁준에게 일갈했다.

"하! 결국 패배한 것은 너다. 쓰레기처럼 죽는 것은 바로 너라고!"

"물론. 100퍼센트 나는 죽겠지. 하지만 너희들의 미래는 어떻게 될까?"

강혁준의 비꼬는 목소리는 비수가 되어 김주찬을 괴롭혔다. 결국 부끄러움을 참지 못하고 그는 물러나면서 소리쳤다.

"나는 최선을 선택했을 뿐이다."

그의 변명은 구차했다.

강혁준은 인류의 미래가 저절로 그려졌다. 자신을 배신하는 대가로 악마들은 거짓 평화를 약속했을 것이다.

'악마 주제에 평화라고?'

어울리지 않는 두 단어의 조합이다.

강혁준은 악마들을 몰아내고 다시 지구를 인류의 것으로 만들고 싶었다. 그리고 그것은 불가능한 것이 아니었다.

다만 그것을 위해서 엄청난 희생이 뒤따라야 했다. 수천만의 악마 군대를 무찌르는 것은 분명 쉬운 일이 아니기 때문이다.

'하지만 우리의 후손을 위해서 해야 할 일이었다.'

현실에 안주할까봐 일부러 자식은 만들지 않았다. 그렇지만 그는 아이들을 좋아했다.

아이들의 순수한 모습과 그들의 무궁무진한 미래를 위해서라면 희생은 두렵지 않았다.

'안타깝구나.'

강혁준은 고개를 젖혀서 푸른 하늘을 바라보았다. 구름 한 점도 없는 모습이 너무나도 부러웠다. 그에 비하면 자신은 결국 큰 오점을 남기고 인생을 마감하게 된 것이다.

"마지막으로 할 말이 있습니까?"

주작 클랜의 무사가 묻는다.

그의 목소리는 떨리고 있었는데, 전설이라고 불리우는 남자를 처단하게 될 것이기 때문이다.

"없다."

강혁준은 짧게 말했다. 어차피 무슨 말을 한들 무슨 소용이 있겠는가? 이미 엎질러진 물이요. 가지에서 떨어진 꽃이다.

스르릉!

한 자루의 칼날이 햇빛에 비쳐서 눈부시다.

인생의 마지막 순간.

강혁준은 자신도 모르게 소원을 빌었다.

'다시 한 번 나에게 기회를 준다면……'

그렇게 전설은 쓰러졌다.

투둑… 투두둑……

돌이 부스러지는 소리가 들린다. 강혁준은 그 소리에 잠에서 깨어나고 말았다.

"크으……"

온 몸이 비명을 지른다. 하지만 그것은 이상한 일이었다. 죽은 자에게 고통이라니?

"나는 분명……"

강혁준은 자신의 목을 매만졌다. 분명 목이 잘리고 죽음을 맞이했을 터인데……

'그나저나 이곳은 왜 이리 어두운 것이지?'

이상한 점은 한두 가지가 아니었다.

'아무런 힘이 느껴지지 않는다.'

SSS등급의 각성자로서 전설이라고 불리우던 몸이었다. 그러나 지금은 그 어떤 힘도 느껴지지 않는다.

'일단 이곳에서 빠져나가자.'

어두운 동굴 안에 있는 느낌이다. 허리를 숙여서 빛이 새어나오는 곳을 향해 기어갔다.

"큭……."

밝은 빛이 눈을 아프게 만들었다. 혁준을 손을 들어서 햇살을 가렸다. 이윽고 눈부심이 가시고 전경이 드러났다.

거대한 균열이 바닥을 가로지르고, 무너진 건물은 그 흉한 모습을 드러내고 있었다. 검게 피어오르는 연기가 적어도 수십 곳에서 피어오르고 있었다.

말 그대로 엄청난 규모의 지진이 도시를 강타한 것이다. 다만 강혁준은 자신이 보고 있는 광경이 낯설지가 않았다.

그것은 분명 10년 전, 판데모니엄의 시작을 알리는 대지진이었다.

"……."

부서진 유리창에 자신의 얼굴을 비추어보았다. 흐릿하지만 분명 풋풋한 20대의 대학생이 그곳에 서 있었다.

"되돌아왔구나."

그것은 분명 과거의 자신이다.

강혁준은 죽음에서 다시 되돌아온 것이다. 하지만 그의 얼굴은 그리 밝지만은 않다.

'그러나 다시 그 악몽들이 재현되겠군.'

서기 2017년.

전 세계적으로 대지진과 쓰나미가 세계를 강타한다. 그날 하루 동안 지구에서 죽은 인명이 수억 명이나 되었다. 강혁준 역시 지진으로 인해 무너진 기숙사에서 구사일생으로 빠져나오지 않았던가.

'대지진은 판데모니엄의 시작에 불과했어.'

대지진은 이후에 일어날 사태에 비하면 그저 맛보기에 지나지 않았다. 그 다음 징후가 분명 얼마 있지 않아서 일어날 터였다.

"혁준아!"

뒤를 돌아보니 기숙사의 동기들이 옹기종기 모여 있었다. 예전 기억을 굳이 되살릴 필요는 없었다. 그들을 보는 것만으로 처참했던 과거가 주마등처럼 지나갔으니까.

"살아있었구나. 몸은 괜찮아?"

동기 중 제일 친하게 지냈었던 임규환이었다. 넉넉한 살집만큼 사람 좋은 미소로 주변을 편안하게 해주던 친구다. 하지만 지금은 두려움에 질려 손을 가늘게 떨고 있었다.

"괜찮다."

혁준은 짧게 대답했다. 하지만 그 모습이 규환에게는 낯설었다. 그가 알던 혁준은 내성적이고 부탁을 거절하지 못하는 착한 녀석이었다. 반면에 지금 혁준의 인상은 마치 베일 것처럼 날카로웠다.

기도가 달라졌다는 것이 옳은 표현일 것이다. 평소에 친하게 지내지 않았다면 분명 다른 사람으로 착각했을 것이다.

"너… 아니다."

규환은 뭔가 말하려다가 얼버무렸다. 어차피 중요한 것은 그런 사소한 것이 아니다. 재난 영화에서나 보던 그런 끔찍한 현장이 바로 눈앞에서 펼쳐지고 있었기 때문이다.

"그나저나 혁준아 큰일이다. 지금 전화도 불통이고 TV도 켜지지 않아."

규환은 자신의 손톱을 물어뜯으면서 말했다. 그 반면에 혁준은 반응은 대수롭지 않았다.

'그뿐만이 아니지. 인간이 누리던 이기를 이제 모두 포기해야하니까.'

판데모니엄의 두 번째 징후가 바로 전자기의 종말이다. 그 효과는 마치 EMP 폭탄을 맞은 것과 동일했다. 인체에는 무해하나 각종 기기들은 물론이거니와 이동수단

(자동차, 기차, 배, 비행기)까지 무용지물이 된다. 특히 비행기에 타고 있던 사람은 불시착을 피할 수 없다.

"모두 이곳으로 모이세요."

기숙사 사감인 김진수가 부지런히 사람들을 모우고 있었다. 평소에 빡빡한 규율로 학생들에게 원성을 사고 있었지만 지금은 이곳의 유일한 책임자였다.

그의 통제 아래 모인 사람은 대략 50여 명쯤 되었다. 그들은 모두 극도의 혼란을 겪고 있었다. 엄청난 재해로 많은 사람이 죽었는데, 도움을 요청할 곳이 없었던 것이다.

"젠장. 휴대폰이 켜지지 않아."

"구조대원은 왜 오지 않는 거지?"

불평불만이 쏟아져 나온다. 김진수는 어떻게든 사람들을 진정시키려고 했지만 쉽지 않았다.

"아! 혁준아. 어디 가는 거야?"

혁준은 말없이 무리를 떠나려고 했었다. 어차피 이들과 같이 있어봤자 이득 될 것이 없었기 때문이다.

그보다 다음 시련이 들이닥치기 전에 준비해두어야 할 것이 있었다.

"알 것 없어."

만류하는 규환을 무시한다. 이유를 설명해봤자 입만 아플 것이다.

저벅저벅……

혁준은 어느새 무리와 떨어져 먼 곳까지 걸어가고 있었다. 그것을 지켜보던 규환은 한참 고심했다. 이대로 이곳에 남을 것인지, 아니면 무모해보이지만 혁준이를 따라갈 것인지.

"에라 모르겠다."

이유는 알 수 없었다. 하지만 왠지 그를 따라가야 할 것 같았다.

"기다려. 혁준아!"

비대한 몸으로 혁준이에게 달려간다. 하지만 평소의 운동 부족이었을까?

"헉… 헉……."

규환은 헐떡이면서 그를 따라잡는다.

"같이 가자니까."

"왜 따라온 거지?"

혁준의 질문에 대꾸할 말이 떠오르지 않았다. 그래서 규환은 애매한 대답을 하고 말았다.

"우… 우리 친구잖아. 당연히 서로 도와야지."

맞는 말이다. 적어도 친구 사이라면 이런 위기일수록 힘을 합치는 것이 맞다. 하지만 과연 그것이 현명한 행동이냐고 묻는다면?

'절대 그렇지 않지.'

체력이 약한 규환은 곧 있을 위기에 살아남을 확률이 지극히 낮다. 분명 데리고 간다면 짐 덩이에 지나지 않을 것이다. 여기서 버리고 가는 것이 옳다.

"따라 오지 마라. 거추장스럽다."

예전에 친하게 지내던 혁준이라면 생각지도 못할 말이다. 하지만 규환은 차마 반론을 펼치지 못했다. 혁준의 기에 눌린 것이다.

혁준은 점점 멀어지고 있었다. 규환은 한참을 우두커니 서서 떠나는 혁준을 바라보았다.

혁준은 다음 징후를 대비하기 위해 부지런히 발품을 팔았다.

'무기가 필요해.'

남은 시간이 많지는 않다. 그러던 중 신축 건물을 짓는 현장을 발견했다. 짓다만 건물은 지진으로 반쯤 파괴되어 있었다.

'빙고.'

인부는 아무도 없었다. 갑작스런 재해로 모두 도망친 것이 분명해보였다. 주변을 살펴보던 도중 쓸만한 것을 찾았다.

바로 슬렛지 해머와 지렛대였다. 흔히들 속어로 오함마와 빠루라고 불리는데, 이정도면 괜찮은 무기를 찾은 셈이다.

"이제 곧 악마들이 기어서 올라올 시간이군."

판데모니엄은 착실히 진행되고 있었다. 봉인은 차례대로 풀리고 있었으며, 사회의 안정망은 이제 무용지물이 되었다.

지상은 이제 곧 지옥으로 돌변할 것이다. 이런 곳에서 제일 믿을 수 있는 것은 바로 자기 자신이었다.

쿠구궁…….

땅이 흔들린다. 평범한 여진처럼 느껴지지만 절대 그런 것이 아니다. 탐욕스러운 악마가 그 모습을 드러낼 시간이었다.

지진의 영향인지 지상에서는 쉽게 균열을 찾을 수 있었다. 여진이 끝나고 크고 작은 균열에서 무언가 변화가 찾아왔다.

케르르륵….

균열 너머로 이상한 소리가 들린다. 듣기만 하더라도 심장이 얼어붙는 느낌이다. 하지만 강혁준의 표정은 변화가 없다.

그는 능숙한 노동자처럼 해머를 어깨위로 올린다. 그리고는 천천히 균열이 벌어진 곳으로 걷는다. 그리고 우직하게 기다렸다.

"……."

그리고 기다림은 곧 보상을 받았다.

"쿠에엑……."

괴성과 함께 균열에서 튀어나온 것은 악마의 머리였다.

둥그스름한 머리통에 삐죽 튀어나온 두 개의 뿔이 바로 그 증거였다. 인류를 멸절시키기 위해 지옥에서 올라온 괴물이다.

부우웅…….

오함마를 높이 지켜 올렸다. 그리고 아래로 내려찍는다.

"케륵?"

드디어 지상으로 올라왔다. 그런데 뭔가 거무티티한 것이 보이는 것이 아닌가? 예상하지 못한 공격에 악마는 자신도 모르게 의문을 표현한 것이다.

퍼걱!

어디 피할 곳도 없다. 오함마는 그대로 악마의 머리를 부숴버렸다. 한치의 망설임이 없는 행동이었다.

주르륵…….

악마도 따지고보면 생명체다. 뇌까지 곤죽이 된 생물은 더 이상 살 수가 없다. 준혁은 죽어버린 악마를 균열에서 마저 꺼내어냈다.

"임프라…… 역시 튜토리얼이 진행되고 있군."

임프는 악마들 중에서도 제일 약한 개체였다. 먹이 사슬로 따지면 최하층의 존재라고 할까? 비각성자라고 하더라도 임프와 싸울 수 있다. 물론 재빠르고 교활한 특성을 가진 임프를 이기는 것이 쉽지는 않겠지만 말이다.

"어딘가 있을 텐데……."

혁준은 임프 시체를 헤집기 시작했다. 겉으로 보기에 꽤나 그로테스크한 모습이었지만 혁준은 개의치 않았다.

"여기 있군."

혁준은 드디어 찾던 것을 손에 넣었다. 푸르스름한 돌덩어리였다.

그것의 이름은 악의 정수(Essence).

악마를 죽이면 얻을 수 있는 제일 값어치 있는 전리품이다. 그리고 인간은 정수를 가짐으로서 각성자가 될 수 있었다.

"휴우……."

혁준은 정수를 얻었지만 마냥 기쁘지만은 않았다. 아직 마지막 단계가 남았기 때문이다. 정수를 가지는 것만으로 각성자가 된다면 얼마나 일이 편하겠는가?

혁준은 정수를 꾹 쥐었다. 그리고 정신집중을 하기 시작했다. 악의 정수와 동화되기 위해서였다.

얼마나 시간이 흘렀을까?

강혁준의 무의식에서 이질적은 목소리가 흘러들어왔다.

-각성하시겠습니까?

그것은 질문이었다. 중대한 갈림길이었지만, 혁준은 이미 마음을 정한 뒤였다.

"물론이다."

―심연을 들여다본다면, 심연 또한 우리를 들여다볼게 될 것입니다.

악의 정수는 점점 눈 녹듯이 사그라들기 시작했다. 그리고 연기처럼 되어서 혁준의 코와 입으로 스며들기 시작했다.

"크윽……."

처음은 고통이었다. 사람을 약화시키기 위해서 제일 효과적인 수법 중 하나다. 많은 이들이 바로 여기에서 의지가 꺾였다.

'저항은 무의미해.'

'너는 나약한 존재에 불과하다.'

'나를 받아들여라.'

'함께 하자. 그리고 인간을 초월하라.'

여러 목소리가 동시에 속삭인다. 이미 한번 겪은 것이지만 더러운 느낌을 피할 수는 없었다. 하지만 혁준은 굴복하지 않았다.

고통에 굴복하지 않자 이번에는 다른 방법을 취한다. 바로 쾌락이었다.

그 어떤 섹스와 약물도 경험할 수 없는 신기원이었다.

황홀한 느낌으로 고양감이 충만해진다. 말초신경이 하나 하나가 바짝 타오를만큼 충격적이며 흠뻑 빠져들게 만들 었다.

　'당신을 위해서 준비했어요.'

　'자 나를 따르세요. 더 많은 상을 내리겠어요.'

　'괴로운 굴레에서 벗어날 기회랍니다.'

　'포기하세요. 그럼 모든 것이 편해진답니다.'

　악의 정수는 혁준을 굴복시키기 위해서 계속 시도했다. 정수는 분명 각성을 도와주는 매개체이지만, 공짜로 주어 지지는 않았다.

　"지겹다. 너희들은 창의성이 부족해."

　혁준은 SSS등급의 각성자였다. 이정도 유혹으로 그를 무너뜨리는 것은 어불성설이었다.

　-각성에 성공하셨습니다.

## Part 2 회귀하다(2)

　딱딱한 여성의 목소리가 들려왔다. 악의 정수는 더 이상 힘을 발휘하지 못하고 혁준에게 흡수당해버린 것이다.

　혁준은 비교적 쉽게 각성을 해버렸다. 하지만 많은 인간들이 정수의 유혹에 넘어갔다. 각성 단계에서 악의 정수에 굴복하면 그 결과는 엄청난 파멸로 다가온다.

　타락.

　정수는 그 자체만으로 불가사의한 힘이었지만 독을 포함하고 있었다. 바로 그 힘을 이겨내지 못하면 바로 악마화가 되어버린다.

　자신의 의지는 사라지고 인간의 피와 살을 탐하는 살육 귀가 되어버리는 것이다. 강혁준 역시 악마가 되어버린 인간을 많이 처단했었다.

한번 악마가 되어버린 인간은 그 어떤 수를 쓰더라도 다시 되돌리는 것이 불가능했기 때문이다.

그런 이유로 인간은 누구나 각성자가 되는 것이 불가능했다. 오직 그 유혹을 이겨낸 자만이 새로운 힘을 가질 자격이 되었던 것이다.

─축하드립니다. 당신은 인류 최초의 각성자입니다. 그에 따른 보너스 포인트 5점을 부여해드립니다.

'히든 피스라……. 역시 기대한대로군.'

각성자가 되는 것은 마치 게임 시스템과 동일했다. 혁준은 최초의 각성자가 됨으로서 남들은 얻지 못할 이득을 얻게 된 것이다. 그 외에도 히든피스는 여기저기 숨겨져 있다.

'전생에는 멍청하게 있다가 모두 놓쳐버리고 말았지.'

SSS등급인 강혁준도 처음부터 강했던 것이 아니다. 오히려 후발주자라고 보는 것이 옳다.

평화롭게 살아가던 대학생이었던 그가 악마와 싸우려는 마음을 가질 리가 없다. 그저 목숨을 부지하기 위해 도망만 다녔다. 그가 각성자가 된 것은 한참 후의 이야기였다.

'일단 능력치부터 확인해볼까?'

[강혁준]

총합 : F 등급

능력치

근력: 5

체력: 4

인지력: 8

민첩성: 6

마력:0

물리 내성:0

마법 내성:0

보너스 포인트 : 5점

스킬

없음


고유 특성

아드레날린 러쉬 (S등급)(액티브) : 특성을 발동시키면 인지력을 극대화시킵니다. 수십 배 늘어난 인지력으로 당신은 시간이 느리게 흘러가는 착각마저 느낍니다. 하지만 조심하십시오. 아드레날린 러쉬가 길어지면 육체에 심각한 손상을 야기할 수 있습니다.

전투 지능(A등급)(패시브) : 전투에 있어서 천부적인 센스를 가지고 있습니다. 그 이유에 대해서는 알 수가 없습니다.

'처음은 역시 F등급이로군.'

그 누구도 예외는 없었다. 처음은 모두 밑바닥에서 시작했다. 등급은 오로지 능력치로 결정된다. 처음 각성한 순간은 각성자나 비각성자와 큰 차이가 없다.

등급을 높이려면 악마를 죽이고 정수를 습득해야 했다. 흡수한 정수로 능력치나 스킬을 습득을 하면 점차 등급이 올라가는 형태이다.

색다른 점은 바로 고유 특성이다.

각성에 성공하면 사람마다 제각기 고유 특성을 가지게 된다. 특성은 매우 중요했는데, 어쩔 때에는 낮은 등급의 소유자가 고유 특성 하나만으로 높은 등급을 이기는 경우가 있었기 때문이다.

그렇게 볼 때, 혁준의 고유특성은 사기나 마찬가지였다. 특히 아드레날린 러쉬는 그를 전설로 만들어준 특성이었다.

'그나저나 전투 지능이라…… 생각지도 못한 능력이군.'

전투 지능은 전생에서도 갖고 있는 능력이었다. 하지만 그것은 후천적으로 얻은 스킬이었다. 본래 갖고 있던 능력은 아닌 셈이다.

'아마 회귀를 했기 때문이 아닐까?'

전투 지능을 얻기 위한 조건은 단 하나다. 바로 수많은 전투 경험이다. 높은 경지에 도달할수록 적은 늘어났다.

어쩔 때에는 24시간 피에 절어서 싸움을 지속했던 적이 있었다.

비록 회귀를 통해서 육체는 약해졌지만, 그 경험과 전투 센스만은 그대로 유지되고 있는 것이다.

'보너스 포인트 5점은 모두 인지력에 투자한다.'

인지력은 외부의 변화나 상황을 감지하는 능력을 의미한다. 그래서 인지력이 높을수록 반사신경이 뛰어나다고 할 수 있다.

인터넷의 블랙박스 영상을 보면 달려드는 자동차를 행인이 보고 피하는 경우가 있다. 그런 경우는 운이라는 요소도 있지만 반사 신경이 뛰어난 편이라고 볼 수 있다.

강혁준의 경우는 아드레날린 러쉬를 극대화시키려면 기본 인지력이 밑받침해주어야 하는 것이다. 5점을 투자한 결과 인지력은 13점이 되었다.

[강혁준]

총합 : F 등급

능력치

근력: 5

체력: 4

인지력: 13

민첩성: 6

전설이 돌아왔다 1

마력:0

물리 내성:0

마법 내성:0

스킬

없음


인지력이 높아졌지만 반면에 다른 능력치는 형편없다.

'얼른 정수를 더 수집해야겠군.'

그러기 위해서는 악마를 때려잡는 것이 제일 빠르다. 악의 정수는 후에 화폐처럼 거래되기도 하는 것이다. 많으면 많을수록 이득이다.

판데모니엄이 활성화되면서 첫 단계는 인간 하나당 임프 하나가 튀어나왔다. 처음이니까 난이도를 조절하는 것처럼 말이다.

오랜 시간이 지나서 각성자들은 그 당시를 튜토리얼이라고 불렀다. 시간이 지날수록 점점 생존의 난이도가 올라갔기 때문이다.

사실 처음부터 악마대군주가 등장하면 인류는 그대로 게임오버다. 어떻게 보면 벨런스를 맞춘 것이라고 볼 수도 있다.

전생의 자신은 튜토리얼 기간 동안 도망만 다녔지만, 이때 각성한 자들은 마치 스노우 볼링을 굴리듯이 앞으로 치고 나갔다.

'불공평하고 불친절한 방식이었지.'

그럴듯한 가이드라인 하나 없었다. 결국 눈치가 빠른 자가 이득을 독식했다. 그런 놈들이 후에 거대 클랜이 되었다. 비열하게 자신을 배신한 바로 그놈들 말이다.

'돼지 목에 진주 목걸이다. 그런 이들에게 주어지는 것을 볼 바에 내가 독식해주겠어.'

그러기 위해서는 다음 히든피스를 찾아야 했다.

'기억이 맞다면 하루 만에 임프 50마리를 처치하는 것이었지?'

그것은 거의 불가능에 가까운 일이다. 하지만 인류의 극소수는 그런 거짓말 같은 일을 해낸 자도 있었다. 그렇기 때문에 후에 히든피스라고 밝혀진 것이었고.

'더 많은 사냥감이 필요하다. 그렇게 하려면······.'

혁준의 머릿속에 기숙사에 있던 동기가 떠올랐다. 숫자는 대략 50명쯤 되었던 것 같았다. 그곳에 가면 많은 수의 임프를 잡을 수 있다.

"사냥의 시간이 돌아왔군."

기숙사에 있던 인물들은 아직도 그 자리에 있었다. 갑작스런 재해 앞에서 그들은 무력하기만 했다. 기능이 정지된 휴대폰을 다시 켜보려고 노력했지만 그것이 될 리가 없다.

"이것도 틀렸어. 자동차가 먹통이야."

"이건 말도 안 되잖아. 이런 경우가 어디 있어?"

전화기, 휴대폰, 자동차 모든 것이 먹통이다.

"전쟁이라도 난 것이 아닐까? EMP 폭탄이라도 맞은 거 같잖아."

밀리터리 지식이 있는 대학생 하나가 말했다.

"개소리 하지 마. 누가 우리나라한테 그런 폭탄을 쓰 냐?"

"북한이라면 분명 핵을 가지고 있어. 핵폭탄을 성층권에 서 터뜨리면 이런 EMP 펄스가 발생해서 모든 전자기가 먹 통이 되어……."

쿠르릉-!

갑작스런 진동 때문에 학생은 마저 말을 하지 못했다.

"뭐야? 또 지진인가?"

지진이라는 말에 모두 겁을 집어먹었다. 살면서 그런 경 험을 언제 해봤겠는가?

"휴…… 약간 흔들리는 수준이네. 난 또 저번처럼 다 무 너져 내리는 줄 알았어."

수시간전 겪은 지진에 비하면 지금 수준은 애교에 가깝 다. 모두 가슴을 쓸어내리며 안도의 한숨을 쉬고 있는 와중 에 급작스러운 변화가 찾아왔다.

"어? 저건 뭐야?"

남학생 하나가 손가락을 들어 반대편을 가리킨다. 모두의 시선이 저절로 그곳을 향했다.

케르륵!

케륵!

거기에는 무려 수십 마리의 임프가 줄지어져 있었다. 균열에서 나온 그들은 입에 침을 뚝뚝 흘리며 인간들에게 다가갔다.

"뭐… 뭐야? 저것들은?"

"몰라. 내가 그걸 어떻게 알아."

타다닥!

임프는 4발로 뛰어오기 시작했다. 인간보다 비교적 작은 몸집이지만 원숭이처럼 날쌘 움직임이었다.

타악!

그리고 높이 점프한다. 임프의 목적은 멀뚱이 서 있는 대학생이었다.

털썩!

여러 마리의 임프가 그를 덮친다. 그리고 날카로운 손톱으로 그의 몸을 낭자하기 시작했다.

"으아악…"

붉은 피보라가 일어난다. 뒤에서 그것을 보던 여학생이 소리 높여서 비명을 질렀다.

"까아아악!"

그것은 혼란의 시작이다. 사람들은 너나 할 것 없이 뒤로 도망쳤다. 누구도 임프에게 대항할 생각을 가지지 못했다.

"살려줘."

"히익! 저… 저리 가!"

임프는 기이한 웃음을 흘리면서 사냥을 이어나갔다. 뒤에서 그것을 지켜보던 사감 김진수는 그 어떤 조치도 취할 수 없었다. 난생 처음 보는 괴물과 맞설 용기가 그에게 없었기 때문이다.

결국 대학생들은 각자 살아남기 위해 뿔뿔이 흩어지고 말았다. 한 자리에 모여서 대항했다면 피해가 이정도로 커지지는 않았을 것이다.

키이익!

임프 하나가 인간의 내장을 들어올리면서 기쁨의 괴성을 지른다. 지옥에서는 먹이 피라미드의 밑바닥에서 벗어날 수가 없었다. 하지만 적어도 이곳 지상에서는 그렇지 않다.

'아직 배고프다.'

'하나씩 하나씩…… 사냥한다.'

'키키키킥…….'

주변을 둘러보면 살덩이가 많고 무력한 먹이감이 넘쳐나지 않는가? 임프 무리는 흩어지는 인간들을 보면서 입맛을 적신다.

"헉… 헉……."

규환은 남들에 비해 비대한 몸집을 가지고 있었다. 그럼에도 살아남기 위해서 가진 힘을 다해서 달리고 있었다.

타다닥!

하지만 임프는 훨씬 재빠른 존재다. 규환이 그것에서 벗어나는 것은 불가능에 가깝다.

툭!

"큭."

다리에 힘이 빠져서일까? 작은 돌부리에 걸려 넘어지고 말았다. 바닥에서 몇 번이나 구르면서 살갗이 까졌지만 규환은 그것이 아픈지도 몰랐다.

"키르륵…."

임프의 괴성이 바로 뒤에서 들렸다. 듣기만 했을 뿐인데 오금이 저린다. 규환은 살기 위해 앞으로 기었다. 하지만 그것으로 임프의 손아귀에서 벗어날 수는 없었다.

"키이익…."

임프가 달려와 그의 배 위에 올라탔다. 규환은 아무런 저항을 할 수도 없었다. 공포에 질려 몸이 움직이지도 않은 것이다.

임프가 마지막 일격을 가할 찰나였다. 규환은 그만 눈을 감고 말았다.

퍼억!

파육음이 들린다. 하지만 규환은 예상과 다르게 그 어떤 아픔도 없었다.

'버… 벌써 천국인건가?'

그렇게 생각하면서 눈을 떴다. 그러자 드러난 것은 머리가 박살난 임프의 모습이었다.

"키이……."

털썩!

치명상을 입은 임프가 그대로 쓰러지고 말았다. 단 한방에 죽어버린 것이다. 그리고 임프의 시체 뒤에는 한 명의 남자가 서 있었다.

## Part 3 아드레날린 러쉬

"혁준아!"

피로 적신 빠루를 들고 있는 그의 모습은 정말로 반가웠다. 아까 전에 차가운 모습을 보여주었지만, 이렇게 달려와서 자신을 구해주지 않았는가?

고마운 마음에 그에게 한 번에 달려가서 포옹을 해주려고 했다.

"고맙… 응?"

달려오는 그를 막아선 것은 피에 젖은 빠루였다. 조금만 더 달려갔으면 거기에 푹하고 찍혔을 것이다.

"방해된다. 저리가라."

"으응."

달라져도 너무 달라진 모습이다. 순간 섭섭한 마음이 들었지만 애써 머릿속에서 지웠다. 규환은 혁준이 자신을 구하기 위해서 달려온 것이라 믿고 있었다.

반면에 혁준은 생각지도 못한 결과였다. 정수를 얻기 위해 악마를 사냥한 것인데 어쩌다보니 규환을 구해준 것이다.

'상관없지.'

혁준은 임프의 뱃속에서 정수를 찾아냈다. 그러는 동안 피가 옷에 튀었지만 그는 개의치 않았다.

"우욱…… 뭐하는 짓이야?"

규환은 비위가 상하는지 뒤로 물러서며 말했다. 혁준은 굳이 설명해줄 필요성을 못 느꼈다.

캐낸 정수는 그의 손에서 분해되어서 그대로 사라졌다.

─근력이 0.2점 올랐습니다.

임프는 최약의 몬스터다. 그러다보니 떨어지는 정수도 질이 매우 낮다. 하지만 분명한 점은 능력치가 상승한다는 점이다. 게다가 히든 피스를 얻으려면 부지런히 움직여야 한다.

'이제 48마리다.'

그는 거침없이 앞으로 걸어 나갔다. 그 모습을 보던 규환이 기겁하며 소리쳤다.

"혁준아. 그곳으로 가면 괴물들이 잔뜩 있어. 위… 위험하다구."

오히려 듣던 중 반가운 목소리다. 위험하다는 경고를 무시하고 길을 따라 내려갔다.

지진이 모든 건물을 무너뜨린 것은 아니다. 조그만한 창고 건물이 있었는데, 단층이라서 그나마 형태를 유지하고 있었다.

그 안에는 10명 가량의 학생들이 문을 막고 농성중이었다. 하지만 그들은 모두 혼비백산한 상황이었다.

"젠장…… 조그만 새끼들이 왜 이리 힘이 좋아?"

운동부 출신인 이지훈은 문 앞을 막으면서 소리쳤다. 문을 잠그긴 했지만 그럼에도 불안하기만 했다. 그것은 덜컹거리면서 임프가 밀어붙이고 있었기 때문이다.

"흑흑…."

"울지만 말고 도와달라고."

창고 구석에서 여학생들은 모여서 울기만 한다. 답답한 이지훈은 소리쳤지만 소용없는 외침이었다.

쨍그랑!

문이 열리지 않자 이번에는 다른 곳으로 침입을 시도한다. 창문이 깨지면서 새로운 위기가 생겨났다.

"꺄아아악!"

시뻘건 팔이 들어와서 희생자의 머리카락을 움켜쥔다.

그녀는 살기 위해서 있는 힘껏 떨쳐낸다.

"하악… 하악……."

임프의 손에는 한 움큼의 머리카락이 쥐어져있었다. 구사일생으로 살긴 했지만, 그녀는 공포로 얼이 빠져있었다.

지금 그들에게 동시에 떠오른 생각은 단 하나다. 이대로 있으면 모두 몰살이다. 죽음의 공포가 턱밑까지 차올랐지만 그들은 무력했다.

깨어진 창문 너머로 임프가 자신의 몸을 들이밀기 시작했다.

"지훈아. 어떻게 좀 해봐."

"운동했다면서! 남자라면 앞에서 막아줘야 하는 거 아니야?"

겁에 질린 여학생이 지훈에게 소리쳤다. 반면에 이지훈은 황당한 표정으로 되받아쳤다.

"무슨 소리야? 나는 육상 선수라고. 격투기가 아니란 말이야."

이지훈은 앞장서서 괴물과 싸울 용기가 나지 않았다. 할 수만 있다면 다른 이들을 희생물로 던져주고 도망치고 싶었다.

'빌어먹을. 이년들을 던져주고 몰래 빠져나갈 방법이 없을까?'

얼굴도 잘 생기고 팔 다리도 쭉쭉 뻗어서 평소에 인기가 많았던 이지훈이었다. 그래서 그의 주위에는 늘 여자가 많았었다. 그렇지만 실상 그는 겁 많고 비겁한 인물이었다.

"밀지 마! 씨바. 밀지 말라고."

어떻게든 살아남기 위해 창고 안은 아수라장이 되고 말았다. 바로 그 때였다.

"키득…?"

기어들어오던 임프가 우뚝 서고 만다. 그러더니 다시 밖으로 쑥 빠져나가는 것이 아닌가?

"응?"

모두의 시선이 창밖으로 향한다. 평범하게 생긴 남자가 임프의 다리를 잡고 끄집어내고 있었다. 그리고 이어지는 것은 무자비한 매타작이었다.

퍼억! 퍼벅!

한번 두 번 내려칠수록 임프는 다져진 고기가 되고 말았다. 아작난 임프를 내려다보며 그는 희미한 미소까지 짓고 있었다.

"우리 학과 동기잖아."

그들을 위기에서 구해준 것은 아웃싸이더 혁준이었다. 워낙 내성적이라 존재 여부가 공기 같은 동기였다.

"위험해!"

여학생 하나가 큰 소리로 외쳤다. 다른 임프가 무방비로 서 있는 혁준의 등 뒤를 노렸기 때문이다.

'일일이 소리치지 않아도 알고 있어.'

인지력이 높은 혁준은 뒤에서 다가오던 임프의 존재를 알고 있었다.

허공에 점프해서 덮쳐오는 임프를 뒤로 돌아서며 후려친다.

뻐억!

날아오던 가속도에 더해 큰 충격이 임프에게 가해진다. 빠루의 단단한 몸통은 안면을 완전히 부숴버렸다.

"크헥……"

혁준은 마치 강타자처럼 빠루를 휘두른 것이다. 하지만 위기는 끝나지 않았다. 창고 주변에 있던 임프가 모두 혁준에게 다가왔기 때문이다.

"괜찮을까?"

"위험해 보이는데……"

창고 안에 있던 사람은 조마조마한 마음으로 혁준을 바라보았다. 평소에 그와 친분이 있는 사람은 없었다. 그저 얼굴만 아는 정도?

그렇지만 지금 혁준의 등장은 학생들에게 있어서 구세주나 마찬가지였다. 유일하게 임프에게 당당히 맞서고 있었기 때문이다.

"지훈아. 너라도 가서 도와줘."

"그래. 이거면 분명 도움이 될 거야."

창고에서 찾은 마대 자루를 꺼내며 준다. 물론 이지훈은 기가 막힌 표정을 지었다.

'허접한 나무 작대기로 뭘 하자는 거야? 아니 그리고 왜 내가 저런 미친놈을 도와줘야 하는 거냐고?'

지훈은 얼떨결에 마대자루를 받긴 했다. 하지만 절대 밖으로 나가서 혁준을 도와줄 생각이 없었다. 정말로 그건 바보짓처럼 느껴졌기 때문이다.

'무능력해.'

'허우대만 멀쩡한 새끼!'

미적거리면서 뒤로 빼는 지훈을 보며 나머지 여학생들은 큰 실망을 느꼈다.

크르륵….

키익!

숫자는 10마리.

혁준은 각성자라고 하지만 아직 그 능력이 미비했다. 진정한 각성자는 C급부터라는 말이 있다. F급 능력자가 임프 10마리를 상대하는 것은 말 그대로 자살행위나 다름없었다.

'임프 10 마리라…… 재미있겠군.'

반면에 혁준의 입가는 진한 미소가 걸려있었다. 강혁준

이 전생에 SSS급 각성자가 될 수 있었던 가장 큰 이유는 바로 그의 멘탈 때문이었다.

강혁준은 위기에 맞서서 절대 물러서지 않았다. 오히려 자기 발로 위험한 곳을 찾아다녔다. 리스크가 크면 클수록 보상도 크다는 것을 알고 있었기 때문이다. 위험을 즐기는 그의 성격은 지금 상황과 딱 맞아 들어갔다.

'high risk. high return.(위험이 큰 만큼 이득도 많다)'

그의 좌우명덕분에 후발 주자임에도 최고의 자리에 오를 수 있게 만들어주었다.

"크라락……."

"케르륵……."

임프는 혁준을 중심으로 둥글게 포위했다. 개체가 약한 만큼 몰이 사냥에 특화된 악마들이다. 멋도 모르고 임프 무리에 달려들다가 비명횡사한 각성자가 한 둘이 아니었다.

물론 강혁준 역시 그 점을 잘 알고 있었다.

'아드레날린 러쉬!'

혁준은 곧바로 자신의 고유 특성을 개방시켰다. 능력을 사용하지 않으면 위험하다는 것을 혁준은 분명히 알고 있었다.

솨아아아…….

인지력이 순식간에 뻥튀기 되었다. 동시에 시간이 느려지기 시작한다. 한발자국씩 다가오는 임프의 움직임은 물론이며 창고 안에서 마른 침을 삼키는 학생들의 모습까지 각인되었다.

타닥⋯⋯.

임프 여럿이 동시에 달려든다. 임프의 전략은 단순하다. 누가 되었든 먹이감에 매달리는 것이다. 치명타를 주는 것은 힘들겠지만, 숫자로 밀어붙여서 바닥에 쓰러뜨리면 된다.

"크롸락!"

괴음을 지르면서 덮쳐온다. 하지만 놈이 날아오는 궤적은 이미 파악한 후였다. 옆으로 한발자국 움직이면서 피한다.

퍼억!

동시에 빠루가 임프의 팔을 부러뜨린다. 그것은 마치 짜고 치는 연극과 같았다. 피하고 내려치고, 다시 피하고 내려 찍어버린다.

뒤이어 연달아 달려드는 임프들은 좀처럼 혁준을 건드리지도 못했다. 그의 움직임이 재빠른 것도 아니었고 임프들이 사정을 봐주는 것도 아니다.

퍼억!

퍽!

그는 미래를 미리 내다본 것처럼 행동했다. 그러나 사실은 극대화된 인지력으로 상대의 행동을 미리 읽을 수 있었기 때문이다.

'키이이익!'

'인간 이상하다.'

'물러나자.'

임프는 숫자가 반 정도 줄어들자 도망을 준비한다. 하지만 그것은 혁준이 바라던 것이 아니다. 히든 피스를 얻기 위해서 임프를 부지런히 잡아야 했기 때문이다.

'이대로라면 남은 임프들을 놓치게 생겼군.'

도망가는 임프를 따라가서 잡는 것은 불가능하다. 그래서 그는 한 가지 퍼포먼스를 벌이기로 했다.

텅!

들고 있던 빠루를 바닥에 떨어뜨린다. 강혁준을 제외하고 그곳에 있던 자들은 누구도 이해하지 못할 행동이다.

"무기를 버리다니. 왜 저런 미련한 짓을 하는 거냐?"

창고 안에서 활약을 지켜보던 이지훈이 의문을 표했다. 여기서 혁준이 임프에게 당하면 그 다음 차례는 바로 자신이다. 하지만 혁준은 거기서 더 이해할 수 없는 일을 벌이고 말았다.

텅… 티디딩……

유일한 무기인 빠루를 발로 차 버린 것이다. 그것은 휙하고 날아가서 저 멀리 떨어지고 말았다. 이제 혁준은 완벽하게 비무장상태가 된 것이다.

"키릌?"

"캬아아아아⋯⋯."

그것은 임프들 역시 이해할 수 없는 행동이었다. 자신이 가진 우세를 일부러 포기하다니. 이해하지 못할 행동이었지만 덕분에 임프들의 생각을 바꾸게 만들었다.

'무기 없는 인간, 약하다.'

'복수한다.'

'이제 그는 위험하지 않다.'

쇠로 만든 빠루에 비하면 인간의 육체는 연약한 살덩이에 지나지 않는다. 게다가 임프는 날카로운 손톱과 이빨을 지니고 있었다.

"케릌!"

재빠르게 달려드는 임프.

하지만 그들이 예상하지 못한 것이 하나 있다. 강혁준은 SSS급 각성자로서 못 다루는 무기도 없었지만 그의 진정한 장기는 바로 맨손전투라는 점이다.

퍼걱!

달려드는 임프의 얼굴을 니킥으로 쳐 날린다. 전생의 그 강력한 육체는 아니다. 하지만 집요하게 급소를 노리는 노련함이 사라진 것은 아니다.

퍼억!

회전을 더한 뒤돌려차기.

그것은 깔끔하게 임프의 턱을 차올렸다.

"킥!"

턱 관절의 뼈가 순식간에 으스러졌다. 이 시대의 최고의 무술가와 싸우더라도 혁준은 이길 자신이 있었다.

"후우……."

격렬한 움직임으로 임프들을 때려눕혔다. 하지만 금방 체력의 한계가 부딪혀온다. 그가 가진 체력은 고작 4점에 불과하다.

'아드레날린 러쉬까지 사용했더니…… 금방 한계가 오는군.'

## Part 4 잘못된 선택

이때까지 빠루를 쓰던 이유도 체력을 아끼기 위해서였다. 다행인 점은 이제 전투가 마무리되었다는 점이다.

"키이익……."

한 마리의 임프는 결국 놓치고 말았다. 마음 같아서는 따라잡고 싶었지만 아직 쓰러진 임프 중에서 몇몇은 살아있었다.

바닥에 떨어진 빠루를 잡고 부상을 입은 임프에게 다가갔다. 그리고 아무런 고민 없이 내려쳤다.

퍼억! 퍼억!

그것은 확인 사살이었다. 피와 살이 튀었지만 전혀 망설임이 없었다.

'아쉽게 한 마리 놓쳤군. 이때까지 잡은 놈이 11마리이니까. 아직 39놈이나 남은 건가?'

역시 히든 피스답게 만만치 않다. 사실 임프 50마리 잡기를 해낸 놈들도 군인 출신이 대부분이다. 그들이 가진 총기는 가볍게 임프를 잡을 수 있으니까. 냉병기로 일일이 때려잡는 혁준과는 비교가 안 될 정도로 쉽다.

'그렇다고 포기할 수는 없지.'

일단 죽은 임프들의 시체에서 하나하나 정성스럽게 정수를 습득했다. 그런 작업을 하던 도중인데 뒤에서 여러 사람의 시선이 느껴졌다.

"우읍……."

일행이 보기에 피칠갑을 한 상태로 사체를 해부하는 혁준이 그로테스크했던 모양이다. 특히 두개골을 깨부수고 맨손으로 뇌수를 헤집는 모습은 생명의 은인이라도 보기 힘들었다.

뒤에서 지켜보던 몇몇 여학생은 참지 못하고 구석에서 토를 하고 말았다.

반면에 혁준은 자기 할 일에 몰두했다. 해가 지기 전에 해야 할 일이 산더미였기 때문이다.

"안녕. 이름이 혁준이라고 했던가?"

결국 누군가가 뒤에서 혁준을 부른다. 뒤를 돌아보니 이지훈이었다.

내성적인 강혁준에 비해 이지훈은 인기가 많은 편이었다. 사실상 서로 친하게 지낼 접점은 하나도 없었다.

다만 그의 이름을 부른 것은 주변 여학생에게 물어서 미리 알아본 모양이다.

"……."

이지훈은 이상할정도로 친근하게 다가갔다. 자신만만한 미소와 쾌활한 그의 태도는 남자 여자 가릴 것 없이 친화력을 발휘했다.

'어떻게든 이놈과 친하게 지내야 한다.'

그의 속셈은 간단했다. 지옥처럼 변한 이곳에서 어떻게든 자신을 지켜줄 사람이 필요했다. 반면에 혁준은 끔찍한 괴물 10마리를 가볍게 처리했다. 그가 대신 괴물과 싸워준다면 생존은 어려워보이지 않았다.

비록 괴물의 사체를 헤집는 모습이 정상은 아닌 것 같지만 그게 뭐가 대수랴? 물에 빠진 사람은 동아줄로 보이는 것이라면 무엇이든지 잡아야 하는 법이다.

'이 놈은 누구야? 기억이 전혀 없군.'

반면에 혁준은 전생의 기억을 샅샅이 뒤져도 지훈에 관한 것은 전혀 없었다. 왜냐하면 전생에서 이지훈은 임프에게 붙잡혀 한 끼 도시락이 되었기 때문이다.

"너 제법 잘 싸우더라. 무슨 격투기라도 배웠던 거야?"

보아하니 말만 더럽게 많은 녀석이다. 혁준은 아예 신경을 끄기로 마음먹었다. 아무 말 없이 빠루를 들고 그곳을 떠나려고 했다.

"야! 잠깐만."

이지훈은 순간 화가 났다. 살면서 이렇게 무시 받은 적이 단 한 번이라도 있었던가? 뒤돌아서서 걸어가는 혁준의 어깨를 붙잡는다.

"……."

혁준은 짜증나는 눈빛으로 그를 바라보았다.

'혁…… 이게 아닌데.'

지훈은 아차 싶었다. 혁준의 날카로운 눈초리에 바로 기가 죽어버린 것이다. 불과 5분전만 하더라도 무서운 괴물을 단번에 박살내지 않던가?

"하아……. 용건이 뭐냐?"

반면에 혁준은 일단 한번 참았다. 어깨를 한번 잡았다고 경을 칠 수는 없었다. 하지만 생각보다 많은 인내가 요구되었다.

"그게 아니라……."

일단 어물쩍 넘기려는데 뒤에 시선이 느껴졌다. 자기 좋다고 따라온 여학우들이었다. 동시에 자신을 한심하게 바라보던 시선들이 기억났다. 한 명의 남자로서 더 이상 얼빠진 모습을 보이기 싫었다.

"혁준아. 사실대로 말하자면……. 나 혼자서 쟤네들을 지켜주는 것은 너무 버거워."

말이라는 것은 어떻게 하느냐에 따라서 하늘과 땅만큼의 차이가 있었다. 지훈은 주변의 상황을 이용해서 혁준에게 짐을 지우기로 마음먹었다.

"자고로 남자라면 당연히 연약한 여자들을 지켜줘야지. 설마 이대로 쟤네들을 버리고 가려는 것은 아니겠지? 나는 네가 그런 파렴치한이 아니라는 것을 알고 있어."

지훈은 자신의 말솜씨에 스스로 감탄했다. 사람은 사회적인 동물이다. 이렇게 해버리면 혁준은 빠져나갈 구멍이 없다.

"그래서 너희들을 뒤치다꺼리를 해달라?"

단번에 혁준은 그의 의도를 알아차렸다. 어떻게든 자신을 엮어서 괴물이 나타날 때, 도움을 받으려는 처사였다.

"너 말이 너무 심한 것 아니냐? 서로 돕자고 하는 말인데. 물론 네가 싸움 실력이 있다는 것은 알겠어. 하지만 그런 식으로 행동하면 네 곁에 아무도 남지 않을 거다."

지훈은 그를 나쁜 사람으로 매도했다. 만일 강혁준이 남의 평판을 중요시여기는 사람이었다면 지훈의 꼼수에 걸려들었을 것이다.

'재미있군. 전생에도 이런 놈들은 늘 있어왔지.'

산전수전 다 겪은 혁준이다. 이렇게 말만 번지르르하게 하는 놈들은 수 없이 보아왔다.

'그럼 조금 어울려줄까?'

지훈이 뭐라고 지껄이든 그냥 떠나가면 그만이다. 혹은 놈의 잘난 얼굴에 주먹을 먹여주는 방법도 있다. 하지만 그것은 너무 단순하다.

"좋아. 너희들과 동행해주지."

혁준은 의외로 쉽게 승낙했다. 그 모습에 지훈을 포함한 나머지 여학생들도 반색했다. 이제부터 든든한 보디가드가 생긴 셈이었으니까.

"단 조건이 있다."

누가 말했던가? 한국말은 끝까지 들어봐야 한다고.

혁준은 비릿한 미소를 지으며 말을 이었다.

"여기 있는 돌은 악의 정수다. 쉽게 말해서 이것만 있으면 나처럼 강해질 수 있지."

혁준은 임프의 사체에서 입수한 푸른 보석을 보여주었다.

"그게 정말이냐?"

"그래. 내가 거짓말할 이유가 어디 있겠나?"

하긴 그렇다. 금방 들통 날 일을 수고스럽게 거짓말할 이유는 없었다. 혁준은 악의 정수를 통해 각성을 하는 방법에 대해 알려주었다.

"각성에 성공하면 각자 고유특성과 스텟이 생긴다. 그리고 정수를 추가로 습득할수록 더욱 강해질 수 있지. 마치 게임속의 캐릭터처럼."

혁준의 이야기는 놀라운 것이었다. 그러다가 여학생 하나가 물어보았다.

"그런 건 대체 어떻게 안거야?"

"예지몽을 꾸었다. 본가가 무속인 집안이라서 미래의 일을 읽었지."

굳이 디테일하게 알려줄 필요는 없다. 악마도 나타나는 마당에 어지간한 거짓말은 그럴듯하게 들린다.

"나 혼자서 너희들을 모두 지킬 수는 없다. 시간이 갈수록 더욱 강한 괴물이 등장할거니까. 방법은 단 하나다. 너희들도 악의 정수로 각성을 하면 된다. 그렇게만 되면 힘을 합쳐 위기에서 벗어날 수 있지."

어렵게 얻은 정수를 아무런 조건 없이 내밀었다. 하지만 주변 반응은 생각보다 미적지근했다. 여학생들이 원하는 것은 무조건적인 보호였다. 악마와 직접 싸운다는 답안은 처음부터 없었다.

'부작용까지 말할 필요도 없겠군.'

씁쓸하다. 비각성자들은 대부분 이러했다. 뒤에서 물러나 누군가 대신 흙탕물을 뒤집어쓰기를 원한다.

"좋아. 내가 해보지."

다만 모두가 그런 것은 아니었다. 이지훈이 정수 한 개를 집었다.

'이거만 있으면 강해질 수 있다고?'

그가 보기에 세상은 이미 발칵 뒤집어졌다. 이런 약육강식의 세계에서 살아남기 위해서는 강해지는 것이 필수였다.

'이런 기회를 공짜로 넘겨주다니. 강혁준. 너는 정말 멍청한 놈이구나.'

이지훈은 마음속으로 혁준을 비웃었다. 그리고 얼른 각성을 하기 위해 정신집중을 하려는 찰나였다.

"잠깐!"

혁준이 갑자기 만류한다. 그 모습에 이지훈은 멋대로 오해해버렸다. 불만이 잔뜩 든 목소리로 그가 외쳤다.

"이제 와서 정수가 아까운 거냐?"

"설마. 나는 그런 좀생이가 아니야. 다만 주의할 사항이 있어서 말이지."

강혁준은 악마화가 되는 것에 대해서 마저 설명해주었다.

"거저주는 힘은 없다. 각성을 하려면 먼저 정수의 유혹을 이겨내야 한다. 만일 유혹을 이겨내지 못하면……."

강혁준은 바닥에 쓰러져있는 임프를 가리키면서 말했다.

"바로 저런 악마가 되어버린다. 각성을 하려면 그렇게 될 각오가 있어야 한다."

"내… 내가 악마가 된다고?"

"그저 가능성이다. 네 의지가 강하다면 정수의 유혹 따위는 가볍게 물리칠 수 있겠지."

새로운 사실이었다. 혁준의 말을 들은 나머지 일행들은 모두 각성을 포기해버렸다. 각성에 실패하면 보기만 해도 끔찍한 악마가 되어버린다니…….

'젠장……. 그건 생각지도 못했잖아.'

지훈은 지금이라도 무르고 싶어졌다. 죽더라도 인간으로서 죽고 싶기 때문이다. 한참을 고민하는데 혁준이 밉상스럽게 말한다.

"그런 일은 없겠지만……. 만약에 악마가 된다면 내가 직접 저승으로 보내주겠다. 적어도 살인귀가 되어 모두를 해치는 일은 없도록 말이지."

혁준의 표정은 여유만만했다. 지훈은 그 모습이 자신을 놀리는 것 같았다.

"왜 망설이지? 자고로 남자라면 당연히 연약한 여자들을 지켜줘야 하잖아."

아까 지훈이 했던 말을 그대로 돌려주는 답변이다.

'빌어먹을 새끼……. 감히 너 따위에게 얕볼 내가 아니라고.'

"흥. 이따위 각성. 단번에 해주지."

지훈은 다짐했다. 각성으로 힘을 얻는다면 수단과 방법을 가리지 않고 녀석을 배제할 것이라고. 그 때가 되어서 실컷 비웃어 줄 것이라 다짐했다.

'강혁준, 너 따위가 해낸 일을 내가 못할 리 없어.'

지훈은 각성을 시도했다. 이윽고 처음 듣는 여성의 목소리가 들렸다.

−각성하시겠습니까?

"그래. 지금 당장 하겠어!"

−심연을 들여다본다면, 심연 또한 우리를 들여다보게 될 것입니다.

"크아악……."

이지훈의 입에서 비명이 터져 나온다. 누군가가 해머로 자신의 머리를 깨어 부수는 느낌이었다.

'권위에 굴복하라.'

'저항은 무의미하다. 필멸자여.'

'포기하면 편해. 하지 마.'

고통보다 더 괴로운 것은 귀를 간질이는 목소리였다. 그 것을 듣는 것만으로 정신이 그대로 나가버릴 것 같았다.

"제발……."

그는 자신의 머리를 부여잡고 소리쳤다. 빌어먹을 소리를 멈출 수 있다면 무슨 짓이라도 할 수 있을 것 같았다.

'글렀군.'

혁준은 한숨을 쉬며 고개를 저었다. 각성을 시작한지 얼마 되지도 않았건만 그는 고통에 몸부림치고 있었다. 그것은 그다지 좋은 징조가 아니다.

"끄으으어어!"

지훈은 피눈물을 흘리면서 비명을 지른다. 동시에 혁준은 빠루를 고쳐 잡는다.

'그 짧은 시간도 견디지 못하다니.'

투둑… 투두둑….

입고 있던 옷이 뜯겨져 나갔다. 영화 속의 헐크처럼 순식간에 몸이 팽창해버렸기 때문이다.

"쿠오오오……."

주변에 있던 자들은 포효를 듣는 것만으로 혼백이 빠져나간다. 공포에 질린 여학생들은 뿔뿔이 흩어져버렸다. 하지만 그것에 영향을 받지 않는 자가 한 명 있었다.

바로 강혁준이었다.

**Part 5 각성**

툭툭…….

빠루로 살인귀가 되어버린 지훈의 등을 두드린다.

"이봐. 네 상대는 나라고."

그의 도발은 효과만점이었다. 타락한 이지훈은 득달처럼
달려들었다.

부우웅!

팔을 휘두르는 것만으로 풍압이 발생할 정도다.

쾅!

살인귀의 파괴력은 그야말로 발군이었다. 주먹과 부딪힌
콘크리트 바닥은 거미줄처럼 갈라져버렸다. 단 한 대라도
허용했다가는 단번에 게임오버가 될 위력이다.

'다만 그것이 적중했을 때의 이야기이지만.'

살인귀는 강한 육체를 지니고 있었지만, 너무 단조로운 공격 형식을 고수했다. 오히려 빈틈을 찾아낸 혁준의 카운터가 더욱 매서웠다.

퍼억! 퍽!

잠깐의 시간동안 살인귀는 수 십대나 얻어맞고 말았다. 살이 터지고 뼈가 부러진다. 분노의 힘으로 버티고 있지만 살인귀의 패색이 짙어져간다.

'근력과 체력이 한참 부족해. 참으로 한심한 몸뚱이다.'

수준 낮은 적과 오래 드잡이를 한다는 사실이 마음에 들지 않았다.

"컥…. 쿠륵……."

살인귀의 코에서 피가 주르륵 쏟아진다. 강철 빠루가 그의 머리를 북어마냥 두드려 팬 결과다.

털썩!

내출혈이 너무 심한 탓일까? 살인귀는 쓰레기처럼 바닥에 널브러졌다.

"살…려 줘."

죽기 직전, 살인귀는 제정신을 차린다. 혁준을 바라보며 자비를 구하지만 그를 살려줄 마음은 단 1mm도 없었다.

"모든 것은 너의 선택이었다."

불쌍해서 살려주면 다시 살인귀가 될 뿐이다. 오히려 여기서 삶을 끝내주는 것이 옳다.

푸욱!

빠루의 끝부분을 세워서 단번에 이마 중심에 쑤셔 넣었다. 이지훈은 잠깐 몸을 부르르 떨다가 이내 잠잠해졌다.

-히든 피스 '배신자 처단'을 달성했습니다.

발동조건: 첫 살인귀를 죽여라

보상: 보너스 포인트 3점

이번 히든피스는 강혁준도 몰랐던 사실이다.

'하긴 당사자가 털어놓지 않으면 히든피스를 모두 알 수가 없겠지.'

살인귀라고 하나 원래는 인간이었던 존재다. 어쩌면 동족을 죽인 것이 마음에 걸려서 비밀로 숨긴 것일 수도 있다.

'내키지 않지만……'

살인귀의 시체에서도 악의 정수를 캐낼 수 있었다. 그것은 임프의 정수보다 훨씬 크고 붉은 색을 띠고 있었다.

인간의 영혼을 타락시킨 정수는 한 단계 업그레이드한다. 임프 수 십 마리를 잡는 것보다 살인귀 하나를 잡는 것이 더 큰 이득인 셈이다

'일단 능력치부터 올리자.'

지금 낮은 능력치로 고생만 주구장창하고 있다. 우선적으로 전리품으로 얻은 정수를 모두 흡수했다.

-임프의 정수로 근력 1점, 체력 1점, 민첩성 2점이 올랐습니다.

-살인귀의 정수로부터 스킬 '살인귀의 포효'을 배웠습니다.

마지막으로 히든피스로 얻은 보너스 포인트는 모두 인지력에 투자했다.


[강혁준]

총합 : F 등급

능력치

근력: 6

체력: 5

인지력: 16

민첩성: 8

마력:0

물리 내성:0

마법 내성:0

스킬

살인귀의 포효(D등급)(액티브): 스킬을 발동하면 자신보다 약한 적들에게 공포를 선사합니다. 마력과 상관없이 사용할 수 있는 스킬입니다. 하루에 한 번 사용가능합니다.

고유 특성

아드레날린 러쉬 (S등급)(액티브) : 특성을 발동시키면 인지력을 극대화시킵니다. 수십 배 늘어난 인지력으로 당신은 시간이 느리게 흘러가는 착각마저 느낍니다. 하지만 조심하십시오. 아드레날린 러쉬가 길어지면 육체에 심각한 손상을 야기할 수 있습니다.

전투 지능(A등급)(패시브) : 전투에 있어서 천부적인 센스를 가지고 있습니다. 그 이유에 대해서는 알 수가 없습니다.

능력치가 소폭 오르기는 했지만 전생의 강함을 되찾으려면 아직 가야 할 길이 구만리다. 하지만 살인귀 정수에서 스킬을 배웠다는 점은 고무할만한 점이다.

포효는 등급에 비해 굉장히 쓸만한 스킬이었다. 지금은 본연의 힘이 약해서 임프에게나 먹히겠지만, 후에 높은 등급에서 쓰는 포효는 훌륭한 군중제어기가 된다.

불과 5분전만 하더라도 살인귀가 포효 한 번으로 여학생들을 모두 도망가게 만들지 않았던가. 전생에서는 포효를 사용해서 불리한 싸움을 이겨낸 적도 있었다. 다만 사용 횟

수 제한이 크게 아쉽게 다가오는 점이다.

"케르르륵…… 케륵!"

잠시 앉아서 휴식을 취하고 있는데 멀지 않은 곳에서 임프의 음성이 들렸다. 뒤를 돌아보니 여러 마리의 임프가 그를 노려보고 있는 것이 아닌가?

'응?'

임프의 특성은 하이에나처럼 무리에서 쫓겨났거나 병이 들어 약해진 사냥감을 제일 먼저 노린다. 그리고 임프들의 시선에 혁준은 무리에서 쫓겨난 새끼 임팔라와 비슷해보였던 것이다.

"설마 나를 노리는 건가?"

F등급이나 비각성자나 임프들의 눈에는 차이가 없는 모양이다. 덕분에 혁준은 일일이 찾아가는 수고를 덜 수가 있었다.

'약자가 되어서 얻는 이득인가? 뭐 나쁘진 않아.'

인간만사 새옹지마라고 했던가? 회귀를 하면서 터무니없이 약해졌지만, 반대급부로 몹들이 알아서 찾아온다.

"먹음직스럽군."

임프들 하나하나가 탐스러운 정수 덩어리나 마찬가지다. 지금 상황을 게임으로 따지면 폭젠(많은 수의 몬스터가 리젠 되는 현상)이나 마찬가지.

"자! 들어와라."

그의 외침과 동시에 임프가 달려든다. 한 자루의 빠루를 든 사나이는 기꺼이 그 무리 안으로 뛰어들었다.

무너진 건물 사이에 오롯이 서있는 한 명의 남자가 서 있었다. 그의 주위에는 죽어버린 임프 시체가 가득했다.

-히든피스 '무력 행위'를 달성했습니다.

발동조건 : 하루 만에 임프 50마리를 죽여라.

보상 : 보너스 포인트 5점

털썩!

'힘들다.'

강혁준은 지금의 상황을 단 한마디로 표현했다. 다른 이의 힘을 빌린 것도 아니다. 처음부터 끝까지 혼자서 하루 만에 임프 50마리를 잡은 것이다.

그것도 한 자루의 빠루만 가지고……

'그래도 얻은 것은 많다.'

임프를 잡으면서 얻은 정수가 제법 많다. 그 중에서 5개를 제외하고 모두 흡수했다. 마지막으로 보너스 포인트로 얻은 5점의 능력치를 모두 인지력에 투자했다.

[강혁준]

총합 : F 등급 -> E 등급

능력치

근력: 9

체력: 11

인지력: 21

민첩성: 10

마력:0

물리 내성:0

마법 내성:0

－축하합니다. 등급이 상향되었습니다.

원래 경사는 연달아 오는 법이다. 이제 혁준의 능력은 인간의 한계를 뛰어넘었다. 하지만 그는 만족을 모르는 인물이었다.

'일단 인지력을 50점 이상 달성해야 한다.'

다른 능력치에 비하면 두 배나 되는 능력치이지만 혁준은 만족할 수가 없었다. 판데모니엄이 진행될수록 상상도 못할 시련이 그를 기다리고 있기 때문이다.

"혁준씨……."

앉아서 쉬고 있는데 예쁘장한 여학생 하나가 다가와서 말한다. 그러고 보니 임프한테 죽을 뻔한 것을 구해준 기억이 난다.

"고… 고마워요."

몸을 배배 꼬면서 말한다. 얼굴에 홍조까지 띤 것을 보니 부끄러운 모양이다. 마찬가지로 혁준의 주위로 많은 사람이 모여들고 있었다.

'그저 히든피스를 얻기 위한 행동이었건만.'

히든 피스를 달성하기 위해 눈에 보이는 대로 임프를 때려잡았다. 분명 보상을 바라고 했던 행동이지만 결과는 많은 수의 사람을 위험에서 구출한 것이다.

'죽다 살았네.'

'쟤 옆에만 꼭 붙어있으면 살 수 있어.'

'어떻게든 혁준이에게 잘 보여야 해.'

부담 어린 시선이 혁준에게 집중된다. 그리고 그 광경은 낯설지가 않다.

'이런 또 시작이군.'

똑같다. 회귀를 하기 전, 혁준은 살아남기 위해 각성을 했다. 그리고 누구보다 빠르게 강자로 거듭났다.

그러자 사탕에 개미떼가 다가오듯이 수많은 난민들이 혁준에게 달라붙기 시작했다.

'우리를 구원해주시오.'

'당신이 아니면 우리는 모두 죽습니다.'

결국 난민을 받아들인 혁준은 라 그마이스 요새를 가지고 있음에도 제일 세력이 약한 축에 들었다.

'바보 같은 짓이었어.'

인류 역사상 최강의 힘을 가지고 있었지만, 결국 그 말로는 비참했다. 그의 인도적인 행동은 칭송받을 일이었지만,

결국 많은 수의 비각성자들은 혁준에게 커다란 짐이 되고 말았다.

'판데모니엄에서 그런 낭만을 누리는 짓은 사치에 불과하다.'

튜토리얼 기간에는 남들보다 빠르게 히든피스를 독식해야 한다. 그러기 위해서 지금 여기서 발이 묶이면 안 된다.

"이름이 혁준이라고 했던가?"

사감 김진수가 다가와서 말을 붙인다. 그는 미소를 지으며 혁준의 손을 꼭 붙잡고 말했다.

"정말 고마워. 네가 아니었으면 정말 위험했어."

그와의 친분은 거의 없다고 봐도 무방하다. 그런데 지금은 오랜 친우처럼 달라붙는다.

탁!

붙잡은 손을 냉정하게 쳐낸다. 그리고 혁준은 차갑게 말한다.

"이만 바빠서."

이곳에 더 있다가는 좋은 꼴을 못 본다. 하지만 김진수는 끈질겼다.

"잠깐. 혁준아. 도대체 왜 그래?"

혁준의 앞을 막아서면서 진수가 외쳤다.

"해야 할 일이 있어서요. 미안하지만 비켜주시면 좋겠군요."

"자네 설마……. 우리를 버릴 생각인가?"

결국 그 단골 대사가 나왔다.

'젠장, 무슨 애완동물도 아닌데, 버리니 마니 하는 거야?'

짜증이 확 솟구친다. 자신은 절대로 베이비시터가 아니다. 무정부가 된 지금 남에게 의지하기보다 스스로 일어서야 할 때였다.

"사감님."

이대로 떨쳐내고 갈수도 있다. 하지만 혁준은 그렇게 하지 않았다. 그들 인생을 책임질 수 없지만 살아갈 길을 제시할 수는 있다.

"남에게 의지해서 살아 갈만큼 더 이상 만만한 세상이 아닙니다. 현실을 직시하시죠."

"……."

김진수는 아무 대꾸도 하지 못했다. 절대 혁준의 말에 공감해서 그런 것은 아니다. 딱 봐도 화가 난 혁준의 모습에 지레 겁을 먹은 것이다.

"좋습니다. 한 가지 방법을 알려드리지요."

조용해진 진수를 바라보며 혁준은 말을 이었다. 그는 남은 학생들을 한 자리에 모이게 만들었다. 그리고 임프 시체에서 정수를 뽑아냈다.

"저처럼 강해지는 방법이 한 가지 있습니다. 바로 각성이지요. 각성을 하면 정수를 수집하는 것으로 강한 힘을 손에 넣을 수 있습니다."

모두가 보는 앞에서 정수를 흡수했다. 푸른 색의 조그만 돌덩이가 순식간에 사라졌다.

"다만 각성을 하기 위해서 정수의 유혹을 견뎌내야 합니다. 유혹을 견디지 못한다면 타락해서 악마가 되는 것이죠."

웅성웅성…….

그것은 충격적인 이야기였다.

"각성은 해도 좋고 안 해도 좋습니다. 그것을 강요할 생각은 없어요. 하지만 지상은 점점 지옥이 될 겁니다."

## Part 6 각성 (2)

　그는 자신이 가지고 있던 정수 5개를 바닥에 내려놓았다. 그것을 흡수하면 능력치 1~2점을 얻을 수 있다. 하지만 구태여 그렇게까지 하고 싶지는 않았다.

　"제가 가지고 있던 정수입니다. 타락하지 않을 자신이 있다면 도전하세요."

　불안한 눈초리로 서로를 바라본다. 선뜻 나서는 자는 보이지 않았다.

　'필요 없는 행동이었군.'

　혁준은 실망하고 그곳을 떠나려던 찰나였다. 학생들 무리에서 한명의 남자가 나왔다. 그리고 그는 혁준도 잘 알던 사람이었다.

"내…… 내가 해보겠어."

후덕한 인상의 임규환이었다. 그는 떨리는 목소리로 각성에 도전했다.

'규환이가 도전할 줄이야.'

이들 중에서 제일 용기없는 사람을 뽑으라면 바로 규환이었다. 평소에도 겁이 많아서 무서운 영화는 혼자서 못 보던 친구였다. 그런 이가 각성에 도전할 것이라고 전혀 예상치 못했다.

"정말로? 후회할지도 모르는데?"

혁준은 재차 물어보았다. 비록 희미한 기억이지만 규환과 친하게 지내었던 때가 분명 있었다. 각성을 실패하면 결국 살인귀가 될 것인데, 그렇게 되면 결국 혁준이 그를 죽여야 한다.

"그래."

규환이 고개를 끄덕인다. 그 모습을 본 혁준은 정수를 하나 집어서 그에게 건네주었다.

"꼭 성공해라."

규환은 희미한 미소로 지으며 마음속으로 응답했다.

'고맙다. 친구야.'

규환은 처음 혁준을 원망했다. 강한 힘을 가지고도 친한 친구였던 자신을 보호해주지 않았기 때문이다. 하지만 그가 각성의 위험을 말해주었을 때 깨닫는 것이 있었다.

'생떼를 부리는 것은 바로 나였어.'

규환은 혁준에게 못 미치겠지만…… 그래도 그와 동등한 위치에 가고 싶었다. 그렇게 하기 위해서는 먼저 각성이라는 것을 성공해야 한다.

-각성하시겠습니까?

예의 그 음성이 들려왔다.

"네."

-심연을 들여다본다면, 심연 또한 우리를 들여다보게 될 것입니다.

각성이 시작되자 규환은 엄청난 고통과 마주해야 했다.

"으으윽…."

고통도 문제지만 쉴 새 없이 속삭이는 목소리가 그를 미치게 만들었다. 유혹은 집요했지만 규환은 이를 악물고 참아냈다.

'나… 나도 해낼 거야.'

규환의 노력이 빛을 발했던 탓일까? 고통이 점점 사그라들기 시작했다.

'이걸로 끝인가?'

안도하고 있을 때, 악의 정수는 새로운 방법을 취했다. 채찍이 통하지 않는다면 당근을 제시하는 것이다.

"하아아아……."

규환의 얼굴은 몽롱한 표정을 짓는다. 눈은 풀리고 입에서 침이 뚝뚝 떨어진다. 해일과 같은 쾌락이 그의 머릿속에서 범람하기 시작한 것이다.

"정신 차려!"

좋지 않다. 규환의 상태에 대해서 이미 알고 있었던 혁준이 소리쳤다. 각성 상태에서는 외부의 신호가 거의 차단된다. 그렇기에 헛수고에 불과한 행동이었다.

'이 목소리는…….'

놀랍게도 규환은 쾌락의 늪에 빠진 상태에서 다그치는 목소리를 들었다. 바로 혁준이 자신에게 외치는 그것을 말이다.

'나… 난 인정받고 싶어.'

그의 친구였던 혁준은 강한 인상을 남기며 영웅이 되었다. 자신은 그것과 똑같이 할 수는 없겠지만.

적어도 그의 발끝이라도 도달하고 싶었다. 그의 간절한 염원은 강한 힘이 되어주었다.

ー각성에 성공하셨습니다.

그 즉시 속삭임은 사라졌다. 규환은 온갖 유혹에도 굴하지 않고 각성자가 된 것이다.

"축하한다."

혁준은 만일을 대비하고 있었다. 규환은 거의 유혹에 넘어가는 것처럼 보였다. 하지만 그는 마지막까지 포기하지 않았다.

"내… 내가 해낸 거야?"

혁준은 고개를 끄떡인다. 한편의 인간 승리를 보는 느낌이다.

[임규환]

총합 : F 등급

능력치

근력: 4

체력: 3

인지력: 3

민첩성: 2

카리스마: 6

마력:0

물리 내성:0

마법 내성:0

스킬

없음

고유특성

군주 (A등급)(패시브) : 당신은 강한 친화력을 바탕으로 추종자를 만들 수 있습니다. 끈끈한 유대관계로 맺어진 혈

맹은 커다란 힘을 발휘합니다. 카리스마 수치에 따라서 추종자 숫자가 정해집니다.

규환은 아무런 의심 없이 자신의 특성에 대해서 알려 주었다. 혁준은 그의 설명에 쓴웃음을 지을 수밖에 없었다.

'군주라……'

전생의 일이 떠올랐다. 기존의 세계 정부는 모두 몰락하고 그 자리를 대체한 것은 거대 클랜이었다.

군주를 중심으로 결성된 클랜은 한 지역의 패자로 우뚝 서기에 모자람이 없었다. 하지만 인류 전체로 볼 때, 그것이 꼭 장점이 되지는 않았다.

바로 클랜 특유의 폐쇄성과 선민의식 때문이다. 클랜인들은 스스로를 신인류라고 생각하고 비각성자를 뒤처지고 나약한 종자라고 여겼다. 결국 21세기에 피라미드 형식의 신분제도가 생긴 것이다.

'나 같은 돌연변이는 특히 군주들에게는 눈에 가시였지.'

반면에 혁준은 각성자나 비각성자나 차별 없이 대우했다. 그리고 그것은 커다란 반발을 불러일으켰다.

'물론 다른 이유도 있었겠지만, 그런 하찮은 것으로 배신을 결정하다니.'

군주라고 올바르고 좋은 길로 이끄는 것이 아니다. 오히려 그들은 옹졸하고 시기로 가득 차 있었다.

'그들과 몇 가지 정리해야 할 일들이 있지.'

전생에서 실패했던 가장 큰 이유는 다름 아닌 거대 클랜 때문이었다. 그들이 배신만 하지 않았다면 혁준의 염원은 이루어질지도 몰랐다.

'방법은 단 하나다. 군주들의 생사여탈권을 내가 쥐는 수밖에 없다.'

전생에서 자신은 너무 물렀다. 그리고 그것이 독이 되어 스스로를 파멸시켰다. 하지만 이제는 달라질 것이다.

'그렇게 하기 위해서는 그 누구보다 강해져야 한다. 그 누구도 범접할 수 없는 강력한 힘이……'

혁준은 군주들을 모두 자신의 발아래에 둘 생각이었다. 인류는 지구를 되찾기 위해 하나의 구심점으로 모일 필요성이 있었다.

바로 강혁준이라는 이름의 구심점이.

날이 저물고 어둑어둑한 밤이 되었다. 혁준은 그날동안 3명이나 더 각성시켰다. 안타깝지만 남은 2명은 끝끝내 유혹을 이기지 못하고 악마가 되어버렸다.

내키지 않았지만 혁준은 그들에게 죽음이라는 안식을 내려주었다.

"괜찮아?"

규환은 피 묻은 빠루를 들고 있는 혁준에게 안부를 물었다. 어쩔 수 없이 손에 피를 묻혀야 했다. 하지만 혁준에게 있어서도 달갑지 않은 일이었다.

"규환아."

"응?"

"네가 구심점이 되어라. 그래서 최대한 많은 이들을 살려라."

"알았어."

규환을 비롯한 3명의 각성자는 그들만의 클랜을 만들었다. 지금은 F급 능력자에 지나지 않지만 시간이 흐른다면 분명 한사람의 몫을 톡톡히 해낼 것이다.

늦은 밤 학생들은 운동장에 모여서 불을 피웠다. 그리고 죽은 자들을 한 곳으로 모아놓고 화장을 했다.

타닥타닥!

많은 이들은 침묵을 유지했다. 하루 만에 너무 많은 죽음이 그들에게 닥쳤다. 간혹 울음을 참지 못하는 자들도 있었다.

혁준은 멀리서 그런 이들을 말없이 지켜보았다. 그리고는 주섬주섬 자리에 일어나기 시작했다. 곁에 있던 규환이 그것을 보고 물었다.

"떠날 거야?"

혁준은 그저 고개를 끄덕인다.

둘은 다시 만나자는 약속은 하지 않았다. 하지만 규환은 그와의 인연이 다시 이어질 것 같은 강한 예감을 느꼈다.

"고마웠다."

"별말씀을. 우리는⋯⋯."

혁준은 잠깐동안 머뭇거리다가 말했다.

"친구잖아."

판데모니엄이 시작되고 두 번째 날이 밝았다. 대지진이 강타하고 전자기가 종말했다. 그리고 이어지는 임프의 대난동. 하지만 그것은 곧 이어질 재난에 비하면 준비운동에 지나지 않았다.

추아아악⋯⋯.

대지에 갈라진 틈 사이로 고동색의 점액질이 분출한다. 그것은 끈적끈적하고 냄새가 고약했다.

"차근차근 시작되는군."

그 점액질의 이름은 크립(Creep)이라고 불리 운다. 그것은 땅을 황폐화시키는 물질로서 어떤 식물도 자라지 못하게 만든다. 결국 그 지대는 죽음의 땅이 되어버리는 것이다.

'무엇보다 크립은 악마들의 주요 식량이라는 점이지.'

악마들은 생산활동을 일체하지 않는다. 하지만 그럼에도 그들이 굶어죽지 않는 이유는 바로 크립 때문이다.

환경도 조성되었겠다. 곧 있으면 지옥에 거주하는 악마들이 대량으로 몰려들 것이다. 문제는 그것을 막을 방도가 없다는 점이다.

대지진이후로 이런 균열은 셀 수도 없이 많이 발생했다. 노력하면 한 두 개쯤은 콘크리트로 막을 수 있을지도 모른다. 그래봤자 깨진 독에 물 붓는 꼴이지만.

쿠르릉…….

땅의 울림이 시작되었다.

'다음 징후의 시작이군.'

악마는 크게 데빌과 데몬으로 그 종류가 나누어진다. 언뜻 보면 데빌이나 데몬이나 같은 뜻으로 착각할 수도 있지만 둘은 큰 차이를 가지고 있다.

일단 데몬의 가치관은 무질서하며 약육강식의 법칙을 따른다. 생김새도 각양각색이라서 한 가지 형태라고 정의 내릴 수 없다. 예를 들어 거대 슬라임이나 자이언트 스파이더가 그렇다.

반면에 데빌은 위계질서가 잡힌 존재라고 볼 수 있다. 데빌은 각각 근거지가 있으며, 우두머리가 늘 존재했다. 따라서 엄격한 신분제도로 이루어져 있으며 그들은 인류에 대해서 무한한 적개심으로 똘똘 뭉쳐져 있다. 흉측하고 혐오를 불러일으키는 형상이지만, 전체적으로 인간을 닮은 휴머노이드라고 볼 수 있다.

'데몬은 인간을 맛있는 간식이라고 생각하는 것에 비해서 데빌은 인간의 말살을 원하지.'

둘 다 인간에게 위험하지만 경중을 따지자면 데빌이 더 악질인 셈이다.

어쨌든 크립이 바닥에 깔리면 그것을 먹고 자라는 데몬이 대량 발생하는데 그 종류는 천차만별이다. 현명한 사람이라면 크립이 생성된 곳은 가까이 하지 않겠지만.

'나에게는 새로운 사냥터가 생긴 셈이지.'

이때까지 잡은 임프의 정수는 그 질이 너무 낮다. 고생에 비해서 그 이득이 너무 적은 것이다. 반면에 이제 곧 생겨날 데몬은 훨씬 위험하겠지만 이득은 배로 챙길 수 있다.

'그러려면 먼저 장비부터 바꿔야지.'

물론 빠루가 쓸만한 둔기인 것은 사실이다. 하지만 혁준은 그보다 날카로운 날붙이가 필요했다. 검이 가지는 출혈 효과는 악마에게도 제법 먹히는 수단이기 때문이다.

'일단 이곳에서 벗어나야 하는데…….'

주변을 둘러보는데 마땅한 이동수단이 없다. 아직 키가 꼽혀 있는 자동차가 도로에 가득 있지만, 그것은 이제 고철 덩어리에 지나지 않는다.

'저기 있군.'

여러 대의 자전거가 바닥에 쓰러져있었다. 아마도 지진 때문이었을 것이다.

턱!

혁준은 빠루로 잠금 장치는 뜯어내버렸다. 그 모습이 매우 익숙하다. 그는 자전거를 타고 도로를 질주하기 시작했다.

'완전 개판이군.'

거리에는 죽은 사람의 시체를 어렵지 않게 발견할 수 있었다. 판데모니엄이 진행되면서 지구는 거대한 각축장이 되어가고 있었다.

## Part 7 헬하운드

끼이익……

자전거를 급히 세웠다. 그가 도착한 것은 총포상이었다. 지진에도 불구하고 건물의 형태는 온전했다.

"아무도 없습니까?"

인기척이 없었지만 예의상 인사했다.

아무런 대답이 들리지 않자 혁준은 빠루로 문 연결 고리를 부숴버렸다. 그리고 발로 차자 텅하고 문이 넘어졌다.

건물 안은 지진으로 인해 매우 어지러워져 있었다. 그래도 그가 원하던 물건을 찾을 수 있었다.

'샷건이라……. 뭐 소총에 비하면 화력이 부족해서 아쉽지만 어쩔 수 없지.'

사냥용 엽총과 탄약을 챙겼다.

'그래. 바로 이거지.'

그러던 중 한 자루의 마체테를 구할 수 있었다. 정글도라고 불리기도 하는 것인데, 주인장이 직접 쓰던 물건인 모양이다. 손질이 잘 되어있었는지, 칼날의 예기가 장난 아니었다.

'자 그럼 악마를 사냥하러 가볼까?'

추아악……

멀지 않은 곳에 크립이 분출하는 것이 보인다. 시간이 갈수록 판데모니엄의 진행이 빨라지고 있었다.

산책 나가듯 그곳을 향해 걸었다. 그러던 중 먼 곳에서 헐레벌떡 뛰어오는 남자를 발견했다. 그는 혁준을 보고 대뜸 소리쳤다.

"도… 도망쳐!"

'맞게 찾아온 모양이군.'

크르릉… 컹컹!

멀지 않은 곳에서 달려드는 한 무리의 짐승들이 보인다.

바로 헬하운드였다.

데몬의 한 종류로서 겉으로 보기에는 일반 대형견으로 보인다. 다른 점이 있다면 머리가 세 개라는 점과 입에서 불길을 쏟아낸다는 점이다.

타다닥…….

헬 하운드 하나가 공중을 뛰어오른다. 그리고 도망가던
인간을 덮쳤다.

"으아악……."

헬하운드의 날카로운 이빨이 남자의 목을 단번에 물어뜯
는다.

"끅… 끄윽……."

치명상을 입은 그는 경련을 일으켰다. 헬하운드는 강한
턱 힘으로 남자를 이리저리 패대기쳤다.

콰직!

결국 그의 목이 두 동강 나버렸다. 동일한 덩치의 개와
비교할 수 없을 정도의 강한 치악력(이빨로 쥐거나 물어뜯
는 힘)이다.

그곳에 있던 일반인들은 헬하운드에 쫓겨 도망가고 있었
지만 혁준은 오히려 그들에게 가까이 다가갔다.

"크르르르……."

헬하운드는 먼저 적개심을 드러냈다. 반면에 혁준은
여유만만 했다. 전생에서도 이런 똥개는 질리도록 잡았
다.

"컹!"

일직선으로 달려온다. 혁준은 바로 샷건을 꺼내어 조준
했다.

헬하운드는 자세를 낮춘다. 동시에 타격 면적이 줄어들었다.

탕!

그러거나 말거나 혁준은 주저하지 않고 방아쇠를 당겼다. 공이가 샷건탄의 뇌관을 치자 작약이 폭발한다. 그 추진력으로 슬러그 탄이 일직선으로 하운드에게 날아간다.

푸확!

헬 하운드의 머리 하나가 폭발하듯이 날아갔다.

"크엉······."

보통 머리가 파괴당하면 생물은 죽는다. 하지만 헬 하운드는 각각의 머리가 서로 다른 의식을 가지고 있었다. 따라서 완벽하게 죽이려면 3개의 머리를 모두 파괴해야 했다. 다만 혁준에게 있어서 약간 귀찮을 뿐, 어려운 일은 아니었다.

퍼걱!

어느새 헬하운드에게 다가간 혁준은 박도를 찍어 눌렀다. 그리고 그것은 개 머리에 깊숙이 박혀들었다. 칼날이 두개골을 가르고 그 내용물을 파괴했다. 이제 남은 것은 단 하나의 머리였다.

"끼잉··· 끼잉······."

혁준은 무표정한 눈빛으로 내려다보았다. 마지막 남은

개머리는 겁에 질려 눈을 질끈 감고 말았다. 그 모습이 개장수에게 끌려가는 강아지 같았다.

스걱······.

마지막 일격이 가해졌다. 치명상을 입은 헬하운드는 혀를 빼물고 쓰러진다.

시작하자마자 손쉽게 헬하운드를 잡았다. 하지만 그 행동은 다른 헬하운드의 주의를 이끌었다.

"크르릉······."

5마리의 헬하운드가 천천히 혁준에게 다가온다. 임프와는 비교가 안 될 정도로 위험한 악마가 바로 헬하운드다. 하지만 혁준은 오히려 즐거운듯 미소를 짓는다.

'이게 웬 떡이냐?'

초보 각성자라면 목숨이 10개라도 부족하겠지만, 혁준은 한 때 전설이라고 불렸던 남자다. 이런 위기는 밥 먹듯이 접했다.

'아드레날린 러쉬.'

고유 특성을 발동하자 인지력이 엄청나게 오른다. 동시에 헬하운드의 일거수일투족이 그의 머리속에 선명하게 새겨졌다.

"크헝!"

저돌적으로 달려드는 헬하운드.

혁준은 물리기 직전에 몸을 뒤틀었다.

콰직!

헬하운드의 턱주가리가 닫히면서 섬뜩한 소리가 난다. 조금만 깊게 들어갔다면 살이 한 움큼 뜯겨 나갔을 것이다.

'그냥 보내주면 섭섭하지.'

서걱!

지나가는 헬하운드의 뱃살을 마체떼가 훑고 지나간다.

주르륵……

붉은 피가 바닥에 쏟아진다. 동시에 잘려진 내장이 삐죽 튀어나온다.

"크르륵……."

상처를 입자 더욱 분노를 드러낸다. 헬하운드는 데몬 중에서도 강력한 생명력을 가진 놈들이다. 어지간한 데미지가 아니면 오히려 화만 돋우는 것이다.

'덤벼라.'

혁준은 똥개들에게 도발의 표시로 가운데 손가락을 올려주었다. 그것을 알아들은 모양인지 흥분해서 달려든다. 다만 그 중 하나는 뒤늦게 출발했다.

이른바 시간차 공격이다.

서걱! 서걱!

다만 상대가 나쁘다.

먼저 달려드는 녀석을 여유롭게 피했다. 많이 움직인 것도 아니다. 물리기 직전 사이드 스텝을 이용해서 아슬아슬하게 피한 것이다.

서걱!

이번에도 박도가 카운터를 먹었다. 문제는 마지막에 달려든 녀석이다. 놈은 워낙 가까워서 피하긴 이미 늦은 것이다.

'허리야. 버텨다오.'

혁준은 그대로 몸을 뒤로 젖혀버렸다.

마치 림보게임 하듯이!

그 위로 점프한 헬하운드가 스쳐지나간다. 제 삼자가 그것을 본다면 마치 합을 맞춘 연극이라고 착각할 정도다.

'민첩성이 아쉬워.'

마지막에 반격을 가하지 못한 것이 아쉽다. 높은 인지력과 천부적인 전투 센스는 헬하운드의 움직임을 미리 예측 가능하게 해주었다. 하지만 뛰어난 반사 신경을 육체가 따라가지 못하는 것이다.

"크르릉······."

이제는 헬하운드들도 섣불리 다가가지 못했다. 공격을 시도할수록 손해를 보는 것은 그들이었기 때문이다.

"너희들이 안 들어오면 나는 좋지."

혁준은 느긋하게 엽총을 재장전 시킨다. 그가 들고 있는 총은 더블 배럴 샷건이었다. 분명 무지막지한 화력을 가지고 있지만, 한번 쏟아내면 무조건 재장전이 필요한 무기다.

재장전을 마친 혁준은 앞으로 움직였다.

한 손에는 샷건 다른 한 손에는 마체테를 든 그의 모습에서 약간의 긴장감도 찾아볼 수가 없었다.

"컹! 컹!"

헬하운드는 그제야 직감했다. 눈앞의 인간은 이제까지 봤던 무력한 사냥감과는 분명 다르다는 것을.

탕!

총구에서 빛이 뿜어져 나온다. 그리고 피 묻은 마체테가 헬하운드를 난자한다.

푸직! 탕! 서걱!

먹이 사슬 구조가 바뀌는데 걸리는 시간은 5분이면 족했다. 혁준은 일부러 헬하운드의 다리 부분을 집요하게 공격했다. 혹시라도 놈들이 도망가면 아까운 정수를 놓치기 때문이다.

"끼이잉… 끼이이잉……."

앞 다리가 싹둑 잘린 헬하운드가 바닥을 기어가고 있었다. 머리 하나는 이미 형체조차 없었고, 찢겨진 배에서 선홍빛 내장이 쏟아졌다.

비위가 상하는 모습이지만 혁준은 개의치 않았다. 곧 수확하게 될 정수를 생각하면 오히려 기쁨이 넘친다.

퍼걱!

큼직한 칼날이 두개골을 관통한다. 그놈을 끝으로 헬하운드는 모두 시체가 되버리고 말았다.

그는 죽은 헬하운드에서 부지런하게 정수를 수집했다. 임프의 저급한 그것과는 비교도 안 될 정도로 질 좋은 정수다. 이런 추세로 정수를 확보하면 다음 등급도 순식간에 달성할 수 있을 것이다.

'아주 좋아.'

덕분에 혁준의 욕심이 더욱 커져간다.

추아아악…….

멀지 않은 곳에서 크립이 분출되었다. 시간이 지날수록 데몬은 많아질 것이다. 그것은 누군가에겐 커다란 기회로 작용할 것이다.

"닥사(닥치고 사냥의 줄임말)의 계절이 시작 되었군."

판데모니엄의 시작과 함께 인류의 생존은 크게 위협을 받게 되었다. 사회 안전망은 완전히 무력화 되었고 살아남기 위해서는 시민들끼리 뭉치는 수밖에 없다.

OO동의 EE-마트는 240명의 생존자가 거주하고 있었다. 임프들이 나타났을 때에 경비 업체의 발 빠른 대처로 위기를 넘긴 것이다.

경비 업체 책임자였던 김형식 실장은 마트 자체를 요새화시켰다. 장애물로 입구를 막은 다음에 외부의 도움을 기다린 것이다. 하지만 시간이 갈수록 혼란은 커질 뿐, 상황은 나아지지 않았다.

그나마 다행인 점은 각성자의 탄생이었다. 악의 정수는 그 존재만으로 사람의 의식을 자극한다. 영혼을 타락시켜서 살인귀를 만들기 위해서이다.

정수의 부름에 이끌린 마트의 직원 하나가 다행히 각성에 성공했고, 그 일을 계기로 각성자의 존재가 알려지게 되었다.

김형식 실장을 비롯해서 여러 사람이 각성에 도전했다. 하지만 유혹을 이기지 못하고 살인귀가 되는 자가 발생했다. 큰 피해를 입은 뒤, 무분별한 각성은 중지되었지만 20명가량의 각성자가 탄생했다.

EE-마트의 입구.

각성자 2명이 경비를 서고 있었다. 혹시 모를 데몬의 침입에 대비 하고 있는 것이다.

대개 아무것도 하지 않고 자리를 지키는 것은 매우 따분한 일이다. 마트 직원이었던 박준열이 심심함을 참지 못하고 입을 열었다.

"형님. 그 이야기 들었습니까?"

"무슨 이야기?"

생이별한 가족 생각에 머리가 복잡했던 임태원은 한숨을 쉬며 대답했다.

"얼마 전에 새로 합류한 사람들 있지 않습니까?"

"그래. 그 사람들이 왜?"

"그 사람들에게 엄청난 이야기를 들었거든요."

박준열은 일부러 목소리를 깔기 시작했다. 엄청난 비밀이라도 되는 듯이 말을 이어나갔다.

"혹시 괴물 사냥꾼이라고 들어보셨나요?"

"괴물 사냥꾼?"

난생 처음 듣는 소리다.

"박도랑 엽총 한 자루로 괴물이란 괴물은 싸그리 잡고 다닌데요. 그 덕분에 죽다 살아난 사람이 한 둘이 아니랍니다. 머리 세 개 달린 똥개들도 그 양반이 다 잡았답니다."

"난 못 믿겠는데……."

임태원은 고개를 절레 흔들면서 말했다. 자신 역시 각성자가 되었지만, 밖에 나가서 괴물을 잡으라고 하면 도저히 자신이 없다.

"캬…… 누군지 몰라도 이 시대의 영웅 아닙니까?"

박준열은 자신의 이야기에 푹 빠진듯했다. 반면에 임태원은 회의적인 반응을 나타냈다.

'절망적인 사람들이 만들어낸 도시 전설이겠지. 괴물을 사냥한다는 말부터 어폐가 있어. 그런 무지막지한 놈들을 어떻게 잡아?

지금까지 태원이 잡은 악마는 임프가 유일하다. 그래서

밖에 돌아다니는 데몬을 사냥한다는 이야기가 허무맹랑하게 들린 것이다.

"그나저나 탐색조가 올 시간이 지나지 않았나?"

"그러게 말입니다."

김실장은 수 백명의 시민의 생존을 책임지고 있다. 아직까지 식량이나 의약품이 부족하지는 않다. 하지만 미래에 어떤 일이 벌어질지 모른다. 그래서 그는 주변에 탐색을 보낸다.

## Part 8 괴물사냥꾼

탐색조가 하는 일은 도움이 되는 보급품 확보와 위험 지역을 구분하는 일이었다. 그리고 가끔은 생존자를 데려오기도 했다.

"우리 먹을 식량도 없는데, 왜 자꾸 생존자를 받는 건지."

임태원은 머리를 긁으면서 말했다. 김 실장은 무리의 리더로서 일을 잘 처리하는 편이지만 가끔은 너무 사람이 무른 경향이 있었다.

"이런 때일수록 서로 도와야지요. 형님."

박준열은 해 맑은 미소를 지으며 말한다.

'하여간 젊은 놈들은 생각이 너무 짧아.'

언젠가는 그런 안일한 생각 때문에 생존에 위협이 될지도 모른다. 일단 속 편한 녀석의 인식부터 바꿔줄 필요가 있다.

그는 입을 열어서 한바탕 설교를 할 찰나였다.

"응? 형님. 저기 우리 사람 아닙니까?"

박준열이 한 곳을 가리키며 말했다. 시선을 돌려보니 멀지 않은 곳에 한 명이 걸어오고 있었다.

"맞다. 그런데 왜 혼자야?"

임태원은 불길한 예감을 느꼈다.

"너는 가서 김실장이나 불러라."

"넵!"

박준열이 마트 안으로 뛰어 내려간다.

그러는 동안 준열은 입구를 막고 있는 무거운 장애물을 치웠다. 각성이 진행된 후 그가 얻은 고유 특성은 근력 강화였다. 힘이 일순 강해지지만 그만큼 체력 소모가 크다는 점이 흠이다.

덜컹!

무거운 장애물을 치우고 입구를 열었다. 그동안 탐색조 대원이 그곳까지 도달했다.

"이봐. 괜찮아?"

오전에 탐색조가 나섰다. 그 때에 인원은 모두 10명이었다. 구성은 각성자 3명과 비각성자 7명이었다. 그런데 지금 도착한 탐색조는 달랑 한 명이었다.

"헉… 헉……. 무… 물 좀."

지참하고 있던 생수통을 건넨다. 그것을 받은 남자는 물을 벌컥벌컥 들이켰다.

"하아……."

"대체 무슨 일이 있었는가?"

자초지종을 묻는다. 하지만 입에 접착제라도 붙은 듯 말을 하지 못했다.

얼마 지나지 않아서 김형식 실장을 비롯한 일행이 다가왔다.

"실장님……."

사내는 김실장을 보고 울먹거린다.

"몸은 괜찮은가?"

"네. 저는 괜찮습니다. 크흑……."

"무슨 일이 있었는지 말해주게."

김실장은 굳건한 목소리로 말했다. 사내는 진정이 되는지 차근차근 있었던 일을 설명했다.

"거미가… 거미가 습격했습니다. 도망가지도 못하고 바로 붙잡히고 말았습니다."

"괴물이란 말인가?"

사내는 고개를 끄떡인다.

"거미 괴물은 우리를 거미줄로 고치를 만들었습니다. 그리고는 거미줄에 하나씩 달아놓았습니다. 그건 마치…….

냉장고에 음식을 저장하는 것이나 다름없었습니다."

그는 상상을 떠올리며 몸을 부르르 떨었다.

"제가 가진 고유 특성은 유체화였습니다. 덕분에 거미줄에서 벗어날 수 있었지만……."

사내는 말을 이을 수가 없었다. 그는 결국 자기 한몸 건사하기 위해서 동료를 버리고 온 것이다.

"알겠네. 자네는 들어가서 쉬게나. 무사히 돌아와서 다행이네."

"죄송합니다."

면목이 없는지 사내는 고개를 숙인다. 하지만 김실장은 언제까지 그를 다독여줄 수가 없었다. 일은 최악을 향해 달리고 있었다.

"긴급회의를 열겠다. 사람들을 모으도록."

✢

크허어엉…….

야수가 울부짖는다.

크기가 2m 50cm나 되는 데몬 바카룬이다. 겉보기에는 곰의 형상을 하고 있지만 특이한 점은 딱딱한 키틴질 껍질로 몸을 보호하고 있다는 점이다.

"크륵… 크르릉……."

헬하운드보다 상위 포식자이지만 지금은 누군가에게 쫓기고 있었다. 연신 뒤를 바라보면서 추격자를 살펴보는 모습이 애처롭다.

"크흥……."

아무런 기척이 느껴지지 않는다. 바카룬은 그제서야 자리에 주저앉는다. 단단한 갑주는 엉망진창으로 찌그러졌고, 그가 흘린 녹색 체액은 사방을 적시고 있었다.

"겨우 여기까지 도망가려고 그렇게 아등바등 하는 건가?"

낭랑한 목소리가 들린다. 그것을 들은 바카룬은 마치 사신이라도 만난 것처럼 벌벌 떨기 시작한다.

"하여튼 바카룬은 쓸데없이 튼튼하단 말이야."

어두운 그림자에서 혁준의 모습이 드러났다. 그는 예의 그 박도와 샷건을 들고 있었다.

"크허엉……."

혁준과 바카룬이 싸운 시간은 무려 5시간.

혁준은 전투 센스와 높은 인지력으로 일방적으로 바카룬을 난타했다. 하지만 바카룬이 가지는 방어력은 단단한 요새와 같았다.

"나도 팔 아프다. 그러니 제발 좀 죽어라."

어깨가 결리는지 그것을 주무르며 다가온다. 반면에 치명상을 입지는 않았지만 바카룬은 조그만 인간이 너무나도 무서웠다.

마치 숟가락 살인마처럼 끝까지 따라오면서 그의 목숨을 노리는 것이 아닌가? 아무리 떨쳐내려고 해도 마치 거머리처럼 달라붙는다.

"크허어엉……."

바카룬은 더 이상 도망치지 않았다. 어떻게든 결단을 내지 않으면 평생 쫓길 것이라는 점을 눈치 챈 것이다.

타다닥…….

혁준을 향해 달려드는 바카룬.

하지만 체액을 너무 많이 흘린 탓일까? 처음보다 훨씬 느린 움직임이다.

부우웅…….

후려치는 앞발의 파괴력은 엄청나다. 하지만 그것도 맞아야 효과가 있는 법.

혁준은 아무렇지 않게 앞으로 다가섰다. 오히려 적의 품 안에 뛰어드는 꼴이다.

푸우욱…….

키틴질 껍질은 단단하지만 그 이음새는 약한 편이다. 혁준은 근접해서 그 사이를 집요하게 공략했다.

"크허어엉……."

수 리터나 되는 체액이 바닥에 쏟아진다.

털석…….

바카룬은 더 이상 견디지 못하고 자리에 주저앉았다.

혁준의 파상공세에 더 이상 버틸 수가 없었던 것이다.

"크르르릉……."

바카룬은 가쁘게 숨을 몰아쉰다. 자잘한 상처가 모여서 결국 그의 목숨을 앗아가고 있었다.

"휴. 무기가 조금만 더 좋았어도……."

그가 쓰던 박도는 폐품이나 다름없다. 수 없이 사냥을 이어나간 결과다.

"자 그럼 수확을 해볼까?"

바카룬은 덩치가 매우 큰 편이지만 혁준은 능숙하게 정수를 찾았다. 영롱한 빛을 드러내는 정수는 이때까지 사냥한 것보다 훨씬 아름다웠다.

샤아아아…….

어김없이 그것은 연기가 되어서 혁준에게 흡수되었다.

ㅡ바카룬의 정수로부터 물리내성 5점을 얻었습니다.


[강혁준]

총합 : E 등급 -〉 D 등급

능력치

근력: 19

체력: 24

인지력: 43

민첩성: 21

마력: 0

물리 내성: 5

마법 내성: 0

스킬

살인귀의 포효(D등급)(액티브): 스킬을 발동하면 자신보다 약한 적들에게 공포를 선사합니다. 마력과 상관없이 사용할 수 있는 스킬입니다. 하루에 한 번 사용가능합니다.


고유 특성

아드레날린 러쉬 (S등급)(액티브) : 특성을 발동시키면 인지력을 극대화시킵니다. 수십 배 늘어난 인지력으로 당신은 시간이 느리게 흘러가는 착각마저 느낍니다. 하지만 조심하십시오. 아드레날린 러쉬가 길어지면 육체에 심각한 손상을 야기할 수 있습니다.

전투 지능(A등급)(패시브) : 전투에 있어서 천부적인 센스를 가지고 있습니다. 그 이유에 대해서는 알 수가 없습니다.


'좋았어. 드디어 내성 능력치를 올렸다.'

혁준의 전투 스타일은 적의 공격을 피하면서 카운터를 치는 형식이다. 겉으로 보기에는 멋있고 압도적인 전투이지만, 실상 외줄 타기나 다름없다.

한 대만 허용해도 치명타로 이어지기 때문이다. 하지만 전투를 하다보면 예기치 않는 일이 벌어지곤 한다. 그 때를 대비해서 내성 능력치를 올릴 필요성이 있었다.

그리고 무엇보다 D등급으로 올라간 점이 고무적이다. 아직 갈 길이 구만리이지만 괄목할만한 성장세였다.

마지막으로 바카룬의 수급을 베었다. 지금 거주하고 있는 은신처 주위에 걸어 놓으면, 허접한 데몬은 근접도 안한다. 바카룬의 수급이라면 편안한 수면은 보장된 것이나 다름없다.

"좋아. 돌아가자."

혁준은 자신의 은신처로 이동했다. 그곳은 마당까지 있는 개인 주택이었다. 크립 발생지가 최대한 겹치는 지역을 찾다가 발견한 곳이었다.

그는 긴 장대를 바닥에 고정시킨 다음에 바카룬의 수급을 그 위에 꽂아놓았다. 놀라운 점은 바카룬을 제외하고도 일렬로 악마의 머리가 장식되어 있다는 점이다.

일을 마친 혁준은 의자에 걸터앉았다. 그리고 근처 마켓에서 공수해온 맥주를 뜯고 마신다. 마지막으로 그는 자신의 백팩에서 샷건을 꺼낸다.

휴대성을 강조하기 위해 그는 길다란 총신을 반으로 자른 상태였다. 정확도는 떨어지지만 혁준의 전투 스타일을 생각하면 이 점이 훨씬 유용했다.

철컥!

장전된 것을 확인한 혁준은 무너진 담벼락을 향해 총을 겨눈다. 그리고는 나지막한 목소리로 말했다.

"언제까지 숨어있을 생각인가? 당장 안 나오면 쏴버린다."

"쏘… 쏘지 마세요. 지금 나갑니다."

담벼락 사이로 두 명의 남자가 나왔다. 그들은 얼마 전 EE-마트에서 경비를 섰던 박준열과 임태원이었다.

"저희는 수상한 사람이 아닙니다. 정말이라구요."

박준열은 두 손을 번쩍 들고 말했다. 하지만 혁준은 미심쩍은 눈빛으로 말했다.

"수상한 사람이 아니면 그렇게 숨어서 지켜보나?"

"부탁인데 총부터 치워주시면 안 될까요? 제가 겁이 많아서……."

혁준은 총을 거두었다. 압도적인 강자가 부릴 수 있는 여유이기도 했다.

'말로만 듣던 괴물 사냥꾼이 진짜로 있었다니…….'

괴물 사냥꾼의 소문에 대해서 회의적인 시선을 가졌던 임태원이었다. 하지만 직접 혁준과 만나보니 그것은 거짓이 아니었다.

마당에는 괴물의 수급들이 보란 듯이 세워져있지 않은가? 괴물 사냥꾼은 실존했던 것이다.

'대단해. 무슨 트로피를 모아놓은 것 같군.'

그는 강혁준을 바라보면서 새로운 희망을 발견했다. 그처럼 강력한 힘을 가진 자가 생존자 무리에 합류한다면 큰 도움이 될 터였다.

"그래. 용건부터 말해봐."

혁준은 맥주를 기울이면서 말했다.

'쳇. 미지근해서 입맛만 버리는군.'

혁준은 맛없는 맥주 때문에 얼굴을 찡그린다. 하지만 박준열은 그 모습에 지레 겁을 먹고 횡설수설하기 시작했다.

"제 이름은 박준열입니다. 지금은 EE-마트에서 살고 있지요. 원래 집은 여기서 꽤 먼데……. 아시잖습니까? 이제 대중교통은 이용 못 하잖아요."

"용건만 간단히."

혁준이 답답한 표정을 짓자 이번에는 임태원이 나섰다.

"내가 말하지. 실은 말이네……."

임태원은 먼저 EE-마트에 거주하는 생존자에 대해서 설명했다. 그리고 전멸한 탐색조에 대한 이야기를 덧붙였다.

"거대한 거미의 공격으로 인해 우리는 탐색조를 잃고 말았지. 하지만 다행인 점은 그들이 아직 죽지 않았다는 점이야."

태원은 40대 남성이다. 혁준은 일단 나이를 고려해서 존대를 해주었다.

"저를 찾아오신 이유는 그 악마를 대신 잡아달라는 뜻이겠군요. 탐색조 구출은 덤이고?"

"그… 그렇네."

## Part 9 잘하는 일은 공짜로 해주면 안 돼

임태원은 어제 있었던 회의를 떠올렸다. 탐색조가 전멸했지만 아직 방법이 없는 것은 아니었다. 먹이를 저장하는 거미의 특성 덕분에 아직 시간은 있었다.

'구출해야 한다.'

'아니다. 어쩔 수 없지만 포기해야 한다.'

상반된 의견이 거칠게 오갔다. 하지만 무게추는 포기한다는 쪽으로 급격히 기울고 있었다. 몸통 크기만 4m에 달하는 거미 괴물을 무찌를 방도가 없었기 때문이다.

회의가 지지부진하게 이어져가던 도중, 누군가가 새로운 의견을 내놓았다.

'멀지 않은 곳에 괴물 사냥꾼이 있다. 그에게 도움을

요청하자.'

김혁식 실장은 처음에는 그 의견을 거절하려고 했다. 하지만 시간이 지날수록 그것 말고는 뾰족한 해답이 없었다. 이대로 탐색조를 포기한다면 생존자들은 분명 의기소침해질 것이 분명하다.

결국 김실장은 사람을 괴물사냥꾼에게 보내기로 결정했다. 그것은 그에게 있어서 지푸라기를 잡는 심정과 똑같았다.

"부탁이네. 9명의 목숨이 자네 손에게 달렸네."

간절한 표정으로 부탁한다. 하지만 혁준의 반응은 맥주처럼 미지근했다.

"그런 일은 다른 곳에서 알아보시죠. 저는 일 없습니다."

그렇게 말하면서 출구를 가리킨다. 명백한 축객령이다.

"이… 이유가 뭔가? 보상을 원하는 것이라면 우리가 주겠네. 돈을 원하는가?"

돈? 그런 것은 판데모니엄이 진행되면서 종이 쪼가리가 되고 말았다.

"이만한 정수 30개를 주신다면 생각해보죠."

혁준은 자신이 가지고 있던 큼직한 정수를 보여준다. 헬하운드를 잡으면서 획득한 것이었다.

"그만한 정수는 단 한 개도 없어!"

태원은 당황한 표정을 지으며 외쳤다. 혁준은 다시 출구를 가리키면서 말했다.

"안녕히 가시죠."

가차 없는 모습이다.

강혁준은 절대 이들을 맨입으로 도와줄 생각은 없었다. 사실 판데모니엄이 진행되면서 수많은 사람이 위기에 처했다.

'분명 안타까운 일이지만, 그렇다고 내가 그들을 모두 구할 수는 없지.'

차라리 남을 구해주기보다는 예전의 막강한 힘을 되찾는 것이 우선시되어야 한다.

"왜 그만한 힘이 있으면서도 우리를 도와주지 않죠? 큰 힘에는 큰 책임이 따른다고 하잖아요."

박준열이 열변을 토한다. 평소에 히어로물에 관심이 많았던 그는 스파이더맨의 명대사를 인용한 것이다.

"큰 책임? 하하……."

혁준은 실소를 금할 수 없었다. 전생에서 간과 쓸개까지 모두 내어주었건만 돌아온 결과는 비참하기만 했다.

"이봐. 자고로 잘하는 일은 공짜로 해주면 안 돼. 왜 그런 줄 아나?"

"……."

"아무런 대가 없이 호의를 베풀잖아? 그럼 사람들은 그것이 권리인줄 알아."

혁준은 미지근한 맥주를 마저 다 비웠다. 그리고는 시니컬한 미소를 지으며 말했다.

"그런 호구는 다른 곳에서 찾도록. 그리고 난 좀 쉬고 싶으니까. 더 이상 개소리하지 말고 썩 꺼져줄래?"

철컥!

이번에는 샷건의 총구가 그들을 향한다. 더 이상 말하면 무력행사를 하겠다는 메시지인 셈이다.

"……."

그들을 머리를 싸매고 거기서 벗어날 수밖에 없었다. 준열과 태원은 마트로 돌아가면서 이야기를 나누었다.

"실망입니다. 분명 도와줄 것이라고 생각했는데…… 사람이 왜 저렇게 이기적이죠?"

준열은 분기가 가득 찬 얼굴로 말했다. 반면에 태원은 고개를 절래절래 흔들면서 대답했다.

"세상에는 공짜란 것이 없다는 것이겠지. 어쨌든 우리는 이 사실을 얼른 알려야 해."

태원은 어렴풋이 깨닫고 있었다. 예전처럼 평화롭던 시기는 지나갔다. 어떻게든 이득을 취해서 강해져야 살아남는 시대가 도래한 것이다.

마트 내에 작은 사무실.

김실장은 피곤한 표정으로 의자에 앉아있었다.

'골치 아프군.'

탐색조를 구성한 것은 그의 계획이었다. 지금 가지고 있는 자원은 언젠가 바닥이 나기 마련이다. 그 전에 다른 수단과 방법을 구해야 하는 것이다.

하지만 대부분의 사람들은 김실장의 의도를 이해하지 못했다. 괴물이 득시글거리는 외부를 왜 탐험해야 하는가?

'숨어서 구조를 기다리는 것이 현명하다.'

그것이 생존자들의 여론이었다. 하지만 김실장은 리더로서 자신의 뜻을 관철시켰다. 결국 불만은 있었지만 탐색조가 꾸려지게 된 것이다.

'그런데 전멸까지 당하다니……'

리스크는 있다고 생각했다. 하지만 이렇게 구석까지 몰릴 줄은 몰랐던 것이다. 그 일이 있고 난 후 사람들의 불만은 매우 커지게 된 것이다.

사실상 이번 일로 김실장의 지도력은 크게 위협받고 있었다.

"실장님. 그들이 돌아왔습니다."

"들어오라고 이르게."

문이 열리고 들어온 이는 바로 태원과 준열이었다.

"어떻게 되었나?"

초조함을 감추지 못하고 김실장이 물었다. 태원이 한숨을 쉬면서 말했다.

"죄송합니다. 설득에 실패했습니다."

"그 말인 즉 괴물 사냥꾼이 실존하는 인물이란 뜻인가?"

"네. 그렇습니다."

태원은 그곳에 있었던 일을 설명했다.

"괴물의 수급을 마치 트로피처럼 전시하더군요. 그 중에서는 상상도 못할 괴물도 많았습니다."

그저 헛소문이라고 치부했었다.

"그런데 그가 왜 거부한 이유가 무엇인가?"

의아한 목소리로 김실장이 물었다.

"그것이……."

혁준이 말했던 요구에 대해서 말해주었다.

"정수 30개를 원한다고?"

"네. 임프에서 나온 정수보다 훨씬 큰 것으로 요구했습니다. 거절의 수단이 분명합니다."

"……."

김형식 실장은 잠시 침묵으로 일관했다. 그러다가 그는 벌떡 일어서면서 말했다.

"내가 직접 간다."

그의 말에 모든 사람이 깜짝 놀란다.

"시… 실장님. 너무 성급하신 것 아닙니까?"

"맞습니다. 게다가 이곳에 실장님이 안 계시면 많은 사람들이 불안해할 겁니다."

주변의 만류에 김실장은 고개를 저었다.

"이미 그들의 불신은 커졌어. 오늘 아침에 있었던 일을 기억하는가?"

주변 부하들의 낯빛이 어두워졌다. 왜냐하면 생존자들 중 몇몇이 마트에서 떠나려고 했기 때문이다. 더 이상 김실장의 독단을 참을 수 없다는 이유였다. 결국 그가 직접 사과를 해서 사태를 무마시켰지만 생존자의 불만은 시간이 갈수록 커지고 있었다.

"무엇보다 탐색조의 목숨이 달린 일이다. 일분 일초가 그들에게는 지옥 같은 시간이야. 무슨 수를 써서라도 나는 그들을 책임져야 해."

위험한 일로 내몬 것은 바로 자신이었다. 김실장은 그들을 위해서라도 직접 괴물 사냥꾼을 만나기로 결정했다.

✠

혁준은 수면을 취하고 있었다. 악마를 사냥하는 것은 많은 에너지를 소비하는 것이다. 적절하게 휴식을 취하지 않으면 몸에 무리가 가기 마련이다.

'이런…… 오늘은 손님이 많군.'

혁준의 눈이 저절로 떠진다. 멀지 않은 곳에서 발걸음 소리가 느껴진 것이다. 이미 인간을 초월한 인지력으로 그는 인간 레이더나 마찬가지였다.

텅텅…….

이번 손님은 그래도 예의를 지키려는 모양이다. 무너진 담벼락이 아니라 대문을 두드렸기 때문이다.

"들어오시죠."

끼이익!

문이 열리고 들어선 이들은 바로 김형식 실장과 그의 부하들이었다.

'김형식?'

강혁준의 눈에서 빛이 발한다. 생각지도 못한 이를 만났기 때문이다.

'설마 이곳에서 메이커 김형식을 만날 줄이야.'

강혁준은 전생의 기억을 되짚었다. 그가 전설이라고 불리던 시절, 그가 가진 장비도 최강이었다. 다만 그것을 만든 사람은 따로 있었다.

메이커 김형식.

고유 특성으로 제작 특성을 가진 어중이떠중이는 많았다. 하지만 메이커 김형식은 분명 남달랐다. 그는 아시아에서 최고의 제작자로서 이름을 날린 것이다.

'언젠가는 그를 수소문해야겠다고 생각했는데. 이렇게 만날 줄이야.'

김실장이 먼저 인사를 건네었다.

"만나서 반갑습니다. 제 이름은 김형식입니다."

분명 나이는 김형식이 훨씬 많다. 하지만 그는 부탁을 하러 온 처지였다. 공손한 자세로 혁준을 대했다.

"강혁준입니다만."

"저는……."

"용건만 부탁드립니다."

김형식은 먼저 자신에 대해서 소개하려고 했다. 하지만 혁준은 도중에 말을 끊었다. 김형식의 방문 의도는 이미 알아차렸기 때문이다.

김실장 뒤편에는 박준열과 임태원이 자리하고 있었다. 분명 김형식도 같은 부탁을 하러 온 것이리라.

"알겠습니다."

김실장은 품에서 한 장의 종이를 꺼내었다. 그리고는 혁준에게 내밀었다.

"이것은?"

"보시다시피 차용증입니다."

일단 혁준은 차용증을 읽었다. 그곳에는 김형식이 괴물 사냥꾼에게 정수 30개를 빚진다는 내용이 써져 있었다. 덧

붙여 정수 30개를 받는 대가로 9명의 탐색조를 구출해달라는 조건이 명시되어 있었다.

"미리 작성해두었습니다. 그곳에 싸인만 해주시면 됩니다."

혁준은 내심 실소가 나왔다. 기존의 질서가 무너진 지금 시대에 차용증이라니. 혁준은 웃으면서 이야기했다.

"이게 효력이라도 있습니까?"

"물론입니다. 당신의 능력이라면 충분히 채권자로서 변제를 요청할 수 있겠지요. 안 그렇습니까?"

재미있는 표현이다.

김형식이 말하는 바는 간단하다. 만일 정수를 내놓지 않으면 억지로라도 토해내게 만들라는 뜻이다. 채무인이 스스로 그런 말을 한다는 점이 꽤나 아이러니하다.

혁준은 잠시 고민을 했다. 이대로 그들의 요구를 받아들일지. 아니면 무조건 거절해버릴 것인지.

'정수 30개는 둘째로 치더라도. 김형식의 능력은 꼭 필요하다. 이쯤 되어서 빚을 지어두는 것도 좋은 방법이겠군.'

"한 가지 새로운 사항을 추가했으면 좋겠군요."

"그것이 무엇입니까?"

"직접 적어드리지요. 펜이 있습니까?"

뒤편에 있던 부하 한 명이 볼펜을 꺼내어 준다. 혁준은 그것을 받아들고 차용증에 한 줄을 더 적어놓는다.

 -정수 30개를 갚을 때까지 김형식은 자신의 고유 특성을 괴물 사냥꾼에게 무상으로 지급한다.

"여기 조건대로만 해준다면 탐색조 구출은 물론이고 그 거미 새끼까지 처리해드리지요."

혁준은 입가에 미소를 지으며 말했다.

반면에 김형식은 의아한 생각이 들었다.

'이 자가 어떻게 내 특성을 알고 있는 거지? 알고 있는 사람은 극소수일 텐데.'

김형식의 고유 특성은 인챈트였다. 정수를 소비해서 무기를 강화시키는 형태로, 단 한번 임프의 정수를 사용해서 특성을 사용해봤지만 바로 실패해버렸다. 그 이후론 더 이상 특성을 실험해볼 기회가 없었던 차였다.

"알겠습니다. 계약에 동의하지요."

김형식이 흔쾌히 말했다. 일이야 어찌 되었든 지금 제일 중요한 것은 탐색조의 안위였다. 혁준은 곧바로 계약서에 싸인했다.

"그럼 여기 명시한대로 무상 인챈트를 부탁드리죠."

혁준은 헬하운드 정수와 거의 폐품이 되어버린 박도를 내놓았다. 새로운 사냥을 위해서 무기를 바꿔야할 시점이었다. 마침 인챈트할 기회가 생겼으니 이용하지 않는 것이 더 이상하다.

"알겠습니다. 몇 가지 물어보고 싶은 점이 있지만 지금
은 넘어가죠. 다만 전에 시도했을 때에는 실패하고 말았습
니다만?"

## Part 10 크래그

잘못하면 정수가 날아갈 수도 있다. 하지만 혁준은 고개를 저으며 말했다.

"상관없습니다. 그저 최선을 다해서 인챈트 해주세요."

아무리 인챈트 장인이라고 하더라도 확률적으로 실패할 수 있다. 게다가 제일 질 낮은 임프의 정수로 인챈트를 성공시키는 것은 외발 자전거 위에서 저글링을 하는 것보다 어렵다고 한다.

김형식은 스스로의 힘을 이용해서 정수를 녹여냈다. 그의 의지에 따라 화염의 기운이 박도에 충전되기 시작했다.

파아아앗!

박도의 검신이 시뻘겋게 달아오른다.

'역시 메이커 김형식이군.'

실패할 것을 대비해서 정수를 더 꺼내주려고 했는데 단번에 성공시킨다. 덕분에 정수를 아낄 수 있어서 기분이 좋았다.

─박도에 헬하운드 정수가 주입되었습니다. '자체 복구'와 '화염 속성'이 추가되었습니다.

헬하운드의 특성은 질긴 생명력과 입에서 쏟아내는 화염이다. 악마의 특성이 무기에도 적용이 된 것이다.

'자체 복구' 특성에 따라 폐품이 되었던 박도가 예전 모습을 되찾았다. 하지만 무엇보다 마음에 드는 특성은 '화염 속성'이다.

이제부터는 박도를 이용해서 악마들에게 '뜨거운 맛'을 보여줄 수 있게 된 것이다.

"후우… 이거 생각보다 힘들군요."

김형식은 처음 사용한 특성에 힘겨워했다. 인챈트는 고도의 집중과 체력을 요구한다. 마구잡이로 찍어낼 수 있으면 아마 최고의 사기 특성이 되지 않을까?

"좋습니다."

혁준은 만족했다. 이것으로 더욱 많은 악마를 잡을 수 있게 되었다.

"쇠뿔도 단김에 빼라고 했죠?"

어서 무기를 시험해보고 싶다. 혁준은 바로 탐색조가 실종된 장소를 물었다.

"탐색조가 실종된 곳은 쇼핑센터였습니다. 여기서 그리 멀지는 않아요."

그곳이라면 혁준도 잘 아는 곳이었다. 그는 세워져있던 자전거에 올라탔다.

"호… 혼자 가실 작정입니까?"

김형식은 경악한 목소리로 말했다. 하지만 혁준은 쿨하게 대답했다.

"괜히 따라와서 시체나 늘이면 피곤하니까. 혼자 갈 겁니다."

✛

혁준은 탐색조를 구출하기 위해 길을 나섰다. 얼마 가지 않아 탐색조가 실종되었다는 쇼핑센터에 도착할 수 있었다.

'조용하군.'

거리는 썰렁했다. 개미 새끼 한 마리 보이지 않는다. 하지만 혁준은 그것에 속지 않았다.

'거미 형태의 악마라면 여러 종류가 있겠지만. 이번 경우는 아마 크래그 놈이겠군.'

크래그는 중형 데몬으로서 교활하고 사람 고기를 좋아하는 녀석이다. 보통 자신의 보금자리 주변에 거미줄을 설치해서 먹이의 동태를 살피곤 한다.

아무것도 모르고 그 거미줄을 건들이면 놈은 곧바로 행동을 개시한다. 움직임도 재빠른 편이라 한번 포착되면 벗어나기가 어렵다. 하지만 무엇보다 조심해야 하는 점은 크래그의 마비독이다. 중독되면 제 아무리 덩치 큰 코끼리라도 단번에 마비된다.

"여기 있군."

아주 작은 실선이 바람에 휘날리고 있었다. 크래그를 자주 상대했던 혁준은 그것이 크래그의 안테나 역할을 하는 거미줄이라는 점을 깨달았다.

'일일이 놈을 찾는 것은 너무 번거롭지.'

혁준은 손가락으로 실선을 건드렸다. 적을 유인하기 위해 직접 미끼가 된 것이다.

사사사사삭……

일반인이라면 전혀 눈치 채지 못했을 것이다. 하지만 혁준은 엄청난 인지력으로 크래그가 접근하는 것을 알아챌 수 있었다.

추와아아악!

크래그의 뒤꽁무니에서 거미줄이 발사되었다. 끈적하게 압축된 줄이 고속으로 날아들었다.

"큭!"

혁준은 그것에 맞고 쓰러져버렸다. 거미줄은 접착제 역할을 해서 바닥에 딱 달라붙었다.

츠즈즈즈즈즈……

크래그는 만족했다. 지옥에 비하면 이곳은 훨씬 먹이가 풍족했다. 무엇보다 인간 살코기는 산해진미나 다름없었다.

그는 새로운 먹이를 향해 달려갔다. 조그만한 인간은 거미줄에 의해 꼼짝도 하지 못하고 있었다.

"끼이이익……."

크래그는 뾰족한 두 개의 독니를 내세웠다. 일단 먹이를 마비시킬 생각이었다. 한번 마비가 되면 제 아무리 강혁준이라도 꼼짝 없이 거미의 먹이가 된다.

하지만…….

'역시 예상을 벗어나지 않는군.'

박도의 화염 속성이 빛을 발했다. 강력한 열기에 거미줄은 쉽게 녹아내렸다. 게다가 그의 근력 수치는 20 가까이 된다. 크래그가 이제까지 상대했던 인간들과는 급이 다른 것이다.

푸욱!

끈적거리는 거미줄을 떨쳐낸 혁준의 박도가 크래그의 머리에 박힌다.

"끼에에엑······."

크래그는 고통스런 비명을 지른다. 동시에 고약한 냄새가 코를 찌른다. 박도의 열기가 상처 부위를 태워버린 것이다.

크래그는 뒷걸음질을 친다. 혁준은 달려가서 마무리를 하고 싶지만 아직 몸에 달라붙은 거미줄이 방해를 했다.

'쳇. 아쉽군.'

크래그의 사냥 습관을 이용한 점은 좋았으나 역시 중형 몬스터라 쉽게 죽지 않는다. 혁준은 달라붙은 거미줄을 뜯어내며 여유 있게 말했다.

"자아. 2라운드를 시작해볼까?"

반면, 크래그는 전에 없던 당혹감을 느꼈다. 이제까지 먹이로 삼아온 인간들은 변변찮은 반격도 하지 못할 정도로 무력했다.

여지없이 비상식량을 확보했다고 생각했건만. 갑자기 자신에게 상처를 입힌 저 돌연변이는 무엇이란 말인가?

"키이이익······."

"그래. 아주 지랄발광을 해라."

강혁준은 천천히 크래그에게 다가간다. 하지만 기세가 꺽인 크래그는 뒤로 물러났다.

툭!

뒷걸음치다보니 등 뒤로 벽이 닿는다. 그리고 그 순간

크래그는 자신이 겁에 질렸다는 사실을 알았다.

"키익!"

더 이상 물러날 곳이 없다. 크래그는 앞 다리를 들어서 찍어 내린다. 날카로운 창이 쉐도하는 것이나 다름없다.

턱!

다만 혁준의 눈에는 크래그의 움직임이 훤히 보였다. 명중당하기 직전, 혁준이 상체를 슬쩍 트는 것으로 불과 0.5mm 차이로 공격을 빗겨냈다.

스걱!

박도가 치고 지나가자, 단번에 앞 다리가 잘려나간다. 적재적소에 펼쳐진 혁준의 카운터공격이었다.

푸화아악!

잘린 단면에서 체액이 쏟아진다. 크래그는 사지가 잘려나가는 고통에 기겁했다. 하지만 고통보다 더 무서운 것은 혁준의 눈초리였다.

그것은 사냥꾼의 눈빛이었다.

뭔가 잘못 되었다. 크래그는 여기에서 빠져나가기로 마음먹었다.

타다다닥!

크래그는 능숙하게 벽을 타고 올라갔다.

"아차차……."

설마 도주할 거라고는 생각지도 못 했다. 이러다가는

닭 쫓던 개가 될 수도 있다.

강혁준은 박도를 칼집에 넣고 도주하는 거미를 쫓는다. 혁준은 따로 프리 러닝을 배운 적은 없었다. 하지만 높아진 민첩성과 체력으로 가볍게 건물을 타고 오른다.

사사사삭…….

다만 문제가 있다면 크래그의 움직임이 훨씬 빠르다는 점이다. 혁준은 적을 놓치지 않기 위해 샷건을 꺼내들었다.

철컥!

빠르게 움직이는 타겟을 맞추는 생각보지 쉽지 않다. 하지만 강혁준이 가진 인지력은 43이나 된다. 대개 사격은 감각을 이용하는데, 그런 점을 고려한다면 혁준은 매우 뛰어난 저격수나 다름없었다.

탕!

엽총은 강선이 존재하지 않는다. 그러다보니 조금만 거리가 벌어져도 명중률이 한참 떨어졌다. 기동성을 저하시키기 위해 다리를 노렸지만 엉뚱하게 엉덩이 부위에 적중한 것이다.

"키에엑…….(죽고 싶지 않아.)"

꿩 대신 닭이라고 도망가던 속도는 약간 줄어들었다.

"젠장……. 놓쳤네. 하지만 샷건을 맞았으니 얼마가지 못 했을 거야."

단번에 사냥하지 못한 점이 아쉽다. 하지만 바닥에는 괴물의 체액이 일직선으로 이어지고 있었다. 게다가 놈은 중상을 입은 탓에 시간이 갈수록 힘이 빠질 것이다.

✢

그 시각.

박준열은 홀로 쇼핑센터로 향하고 있었다. 무리에서 몰래 빠져나온 그는 괴물 사냥꾼의 실력을 보고 싶었다.

'과연 그 더러운 성질만큼 실력도 출중할까?'

생존자에게 전해 듣기로 거미 괴물의 크기는 1톤 트럭보다 거대하다고 했다. 인간의 몸으로 그런 괴물과 상대한다는 것이 믿기지 않았다.

'내 눈으로 직접 봐야겠어.'

부지런하게 쇼핑센터로 발걸음을 옮겼다. 분명 그것은 위험을 자초하는 일이었지만 준열은 자신의 고유 특성을 믿고 있었다.

그가 가진 특성은 '고속 이동'이었다. 체력을 급격하게 소모하는 대신 100m를 7초대에 주파할 수 있는 다리를 가지게 된 것이다. 만일 세상이 평화로웠다면 최단거리 스프린터로서 금메달의 영광은 그의 것이 되었을 것이다.

"이쯤인데……. 내가 너무 일찍 온 건가?"

쇼핑 센터 외곽에 도착한 준열은 혼잣말로 중얼거린다. 더 이상 들어가는 것은 왠지 위험해보였던 그는 EE-마트에서 가져온 망원경으로 주변을 살펴보던 참이었다.

콰지직!

뒤편에서 뭔가 부서지는 소리가 들렸다. 오싹한 느낌에 뒤를 돌아보니 멀지 않은 곳에서 거대한 거미가 이쪽을 향해 달려들고 있었다.

"으힉!"

심장이 덜컹 내려앉는 충격이다. 준열이 들고 있던 망원경이 바닥에 떨어졌다.

'도… 도망쳐야 해. 다… 다리야 움직여!'

커다란 물체가 급속도로 다가오면 너무 당황한 나머지 몸이 굳는 경우가 있었다. 바로 지금 준열이 겪고 있는 상황이 그러했다.

사사사삭……

거리가 순식간에 좁혀진다. 잘게 찢겨져서 뱃속에 들어가는 자신의 모습이 연상되었다.

'죽고 싶지 않아!'

그제서야 다리에 힘이 들어간다. 그는 특성을 개방시켰다.

타다다닥!

지금 그의 목숨을 살려주는 것은 오직 두 다리뿐이었다.

준열은 안간힘을 내어 거미의 반대방향으로 질주했다.

"키이이익……."

바로 뒤편에서 찢어지는 괴성같은 것이 들린다. 일반인이라면 금방 따라잡혔겠지만 '고속 이동'이란 특성은 크래그와 일정한 거리를 유지하게 만들었다.

반면에 크래그 역시 초조했다. 강혁준에게 당한 상처로 크래그는 만신창이나 다름없었다. 이대로 가다가는 결국 힘이 빠져서 사냥당하고 말 것이다.

상황을 타개하기 위해서는 영양분을 보충해서 다친 몸을 재생시켜야 했다. 그러던 차에 새로운 먹이감을 발견했다. 잡아먹고 몸을 재생시키려고 했는데, 먹이는 생각보다 재빠른 것이다.

한동안 술래잡기가 계속 되었다. 그러나 준열은 점점 힘에 부치는 것을 느꼈다. 그러다가 결국 발이 엉키고 말았다.

"뜨헉……."

갑작스럽게 넘어지며 한참이나 바닥을 뒹굴던 준열이 벽에 가 부딪혔다.

"으어억……."

온 몸이 비명을 지른다. 하지만 그런 고통 따위는 아무래도 좋았다. 눈앞의 거대한 거미 괴물만 치울 수만 있다면 말이다.

"끼이이이······."

수십개의 눈이 준열을 주시하고 있었다. 입에 돋아난 독니에서는 소화액이 뭉클거리며 흐른다.

"으으······."

준열은 예전에 보았던 다큐멘터리가 기억이 났다. 대게 거미나 곤충들은 단번에 먹이감을 죽이지 않는다. 천천히 시간을 들여서 산채로 잡아먹는 것이 그들 생리다.

'하느님, 부처님, 알라신이시여.'

준열은 눈을 질끈 감았다. 곧 이어질 고통을 기다리면서······.

"응?"

이상하다.

지금쯤이면 거미가 자신의 머리를 뜯어서 오도독 씹어먹고 있어야 한다. 결국 궁금증을 참지 못한 춘열은 작게 실눈을 떴다.

"히이익!"

눈을 뜨자 보인 것은 거대한 거미의 머리통이었다. 머리통 중심에는 박도가 깊숙이 박혀 있었다.

"넌 여기서 뭐하냐?"

거미 머리 위를 밟고 서 있는 강혁준의 물음이었다.

Part 11 탈라드

'분명 따라오지 말라고 했건만. 하지만 덕분에 크래그를 잡을 수 있었으니.'

준열이 도망 다니는 동안 혁준은 크래그를 따라잡을 수 있었다. 게다가 크래그는 온전히 준열에게 정신을 빼앗기고 있었다.

그가 맛있는 먹이가 될 찰나에 혁준은 몰래 다가가서 치명적인 일격을 가할 수 있었다.

"죄송합니다."

준열은 고개 숙여 사과했다. 반면에 혁준은 그가 다짜고짜 사과를 하는 이유를 알 수가 없었다.

"저는…… 당신이 냉혈한이라고 착각했어요. 그렇지만

사실은 위험에 처한 저를 구하기 위해서 이렇게 달려와 주었잖아요."

"……."

준열은 오해를 하고 있었다. 혁준이 크래그를 잡은 것은 정수가 탐이 나서였다. 하지만 결과적으로 준열의 목숨을 구해주었으니 아예 틀린 말은 아니었다.

"흠……."

혁준은 굳이 그의 오해를 정정하지 않았다. 무엇보다 귀찮다는 것이 제일 큰 이유였다. 그것보다 준열의 스피드에 관심이 간다.

"너 꽤 빠른 다리를 가지고 있던데?"

"네. 특성이 '고속 이동'이라서요. 도망치는 건 자신 있다고 생각했는데."

준열은 쓰러진 거미를 보면서 몸을 떨었다. 나름 날쌘돌이라고 생각했는데 크래그라는 데몬을 떨쳐낼 수는 없었다.

'녀석은 꽤 쓸모가 있을지도.'

혁준은 재미있는 계획 하나를 떠올렸다.

사악하게 미소를 짓는 그의 모습에 준열은 오한을 느꼈다.

"놈을 처치했으니. 사람들을 불러와라."

그의 말에 준열은 고개를 끄덕였다.

"넵. 금방 다녀오겠습니다."

준열은 그 빠른 다리로 슝하고 달려가 버린다. 혁준은 박
도를 뽑아 올렸다.

"여기 있군."

오색 빛깔을 내는 정수가 빛을 발한다. 혁준은 바로 그것
을 흡수했다.

–크래그의 정수에서 마력 5를 습득했습니다.

–크래그의 정수에서 스킬 '크래그의 마비독'을 습득하
였습니다.

[강혁준]

총합 : D 등급

능력치

근력: 19

체력: 24

인지력: 43

민첩성: 21

마력: 5

물리 내성: 5

마법 내성: 0

스킬

살인귀의 포효(D등급)(액티브): 스킬을 발동하면 자신보다

약한 적들에게 공포를 선사합니다. 마력과 상관없이 사용할 수 있는 스킬입니다. 하루에 한 번 사용가능합니다.

크래그의 마비독(C등급)(액티브)(소모비용 5): 무기에 독을 바를 수 있습니다. 내성 굴림에 실패한 적은 곧바로 마비에 걸립니다. 마력을 소모하는 코스트 스킬입니다.

고유 특성

아드레날린 러쉬 (S등급)(액티브) : 특성을 발동시키면 인지력을 극대화시킵니다. 수십 배 늘어난 인지력으로 당신은 시간이 느리게 흘러가는 착각마저 느낍니다. 하지만 조심하십시오. 아드레날린 러쉬가 길어지면 육체에 심각한 손상을 야기할 수 있습니다.

전투 지능(A등급)(패시브) : 전투에 있어서 천부적인 센스를 가지고 있습니다. 그 이유에 대해서는 알 수가 없습니다.

첫 코스트 스킬이었다. 마력을 소모하면 스킬을 사용할 수 있다. 살인귀의 표효는 하루에 단 한번이라는 제약이 있지만, 코스트 스킬은 마력만 받쳐주면 얼마든지 사용이 가능했다. 게다가 마력은 시간이 지나면 금방 차오른다.

'크래그의 마비독은 유용하게 쓰이지.'

비겁하다는 소리를 듣지만 그럼에도 독 스킬은 유용하다. 그저 스치는 것만으로 적을 무력화시킬 수 있기 때문이다.

다만 고위 악마일수록 독 저항이 강해서 갈수록 무용지물이 되지만 말이다.

"근데 하필이면 박도가 화속성이네."

독 속성과 화 속성은 상극의 관계를 가지고 있었다. 크래그의 독을 뿌려봤자 화기에 의해 금세 증발해버리고 마는 것이다.

'주 무기를 슬슬 구해야겠어.'

내구성이 뛰어난 양손 검이 필요했다. 전생에서 그가 주로 애용하던 검의 이름은 '발카서스의 송곳니' 라는 무기였다.

전설급 무기로서 온갖 사기적인 옵션이 붙어있는 무기였다. 게다가 베는 맛도 일품이어서 혁준은 그것을 애인보다 더 소중하게 다루었다.

'그 외에도 쓸만한 도구가 필요하지.'

일신의 강함도 중요하지만 적절한 상황에 쓰이는 도구의 유용함도 무시할 수 없다.

제작자들의 고유 특성은 등급이 올라갈수록 새로운 레시피가 개방된다는 특징이 있다. 그것은 김형식도 마찬가지였다.

'이제 악마의 사체도 부지런히 모아야겠군.'

이때까지는 그저 정수를 수집하기 위해 악마를 때려잡았다. 하지만 소비 도구를 만들기 위해서는 악마의 부산물이 필요하다. 어떤 악마는 정수보다 그 부산물이 더 값진 경우도 있었다.

얼마 지나지 않아서 준열은 사람들을 데리고 왔다. 쇼핑센터 안에 조성된 거미굴에서 탐색조를 찾아낼 수 있었다.

안타까운 점은 9명 중에서 이미 2명은 거미에 의해 유명을 달리했다는 점이다.

"고맙습니다. 당신이 아니었다면 불가능했을 겁니다."

희생자가 있었지만 대다수의 탐색조가 귀환을 할 수 있었다. 김형식은 그 점에 대해서 혁준에게 고마움을 표시했다.

"천만에요. 어디까지 기브 앤 테이크입니다."

그의 말에 형식은 쓴웃음을 지었다. 괴물 사냥꾼은 실력은 뛰어났지만 왠지 날카로운 가시로 자신을 방어하는 것 같았다.

'무슨 트라우마라도 있는 걸까?'

궁금증이 생겼지만 입으로 꺼내지는 않았다.

"혹시 괜찮다면 거처를 저희 쪽으로 옮기지 않겠습니까? 절대 섭섭하지 않게 대우해드리지요."

괴물사냥꾼정도 되는 실력자라면 그저 존재자체만으로 생존자들에게 안정감을 줄 수 있다.

"그렇게 하지요."

놀랍게도 혁준은 승낙했다. 분명 거절할 것이라고 여기고 있었기 때문에 김형식은 놀란 눈으로 그를 바라보았다.

"의외군요. 이렇게 쉽게 허락할 것이라고는 생각 못 했거든요."

"거절할 이유가 없어서요."

새삼스러울 것은 없다. 빠른 등급 상승을 위해서 솔로 플레이를 했지만, 본거지가 필요한 건 사실이었다.

게다가 강대한 악마와 대적하기 위해서는 다른 각성자의 힘도 필요했다. 김형식의 존재 이유로 그 시기가 빨라진 것일 뿐이다.

대화를 마친 혁준은 저무는 석양을 바라보았다. 판데모니엄 이전의 노을은 하루를 정리하는 푸근함을 연상시켰다.

하지만 지금은…….

'요사하고 불길하게 느껴지지. 이제 곧 그들이 다가올 것이다.'

혁준은 자신도 모르게 주먹을 꽉 쥐었다. 인류의 주적이라고 할 수 있는 데빌이 곧 모습을 드러낼 것이기 때문이다.

그는 알고 있었다.

인류 멸절의 본 무대가 곧 열리고 있음을.

콰드드득······.

건물 벽면이 그대로 무너진다. 그리고 튀어나온 것은 크기 3m는 넘는 두꺼비 형태의 악마였다.

그 양서류 악마의 이름은 탈라드.

대식가 데몬으로서 그저 움직이는 것만 보면 삼키는 특성이 있다. 그리고 지금은 작은 인간을 잡아먹기 위해 맹렬히 돌진 중이었다.

"으아아아악······."

박준열은 목이 터져라 소리쳤다.

올해 나이 21의 청춘을 만끽할 시기였지만······.

지금은 데몬에게 쫓기는 가련한 신세였다.

"꾸웨엑······ 꾸웩."

입을 쩌억 벌리는 탈라드.

그리고 끈적거리는 혓바닥을 둥글게 말기 시작한다.

쭈아악!

그것은 탄력 넘치는 고무처럼 준열을 향해 날아갔다.

"컥!"

덜컥!

단번에 잡힌다.

"어머니!"

혓바닥이 축소되면서 탈라드의 입속으로 직행한다. 이대로라면 삼켜진다면 탈라드의 위장 속에서 매우 고통스런 죽음을 맞이하게 될 것이었다.

"나는 네 엄마가 아니라고!"

바로 그 순간.

건물 옥상에서 뛰어내리는 자가 한 명 있었다. 그의 손에는 커다란 양손 검이 빛나고 있었다.

서걱!

준열이 입속으로 사라지기 직전, 양손 검은 혓바닥을 일도양단해버린다.

"으아아아……"

덕분에 끈 풀린 준열은 허공에서 비명을 지른다. 바닥에 떨어지기 직전 양손검을 든 사나이가 한 숨을 쉬면서 그에게 다시 점프했다.

타다닥.

이미 인간의 한계를 벗어난 움직임이다. 그는 가볍게 준열의 뒷덜미를 잡고 다시 착지했다.

"후우… 후우……"

준열은 거친 숨소리를 몰아쉬었다. 방금 전만하더라도 거의 죽기 직전이었다.

"제가 해낸 건가요?"

"그래. 놈을 잘 끌고 왔다."

대답을 한 사람은 바로 강혁준이었다. 그의 각성자 등급은 어느새 C등급을 달성하고 있었다. 전보다 강해진 점은 좋지만, 문제가 있다면 그의 오라였다.

등급이 높아질수록 각성자는 각각의 오라를 뿜어낸다. 그리고 그것은 악마들에게 경각심을 가지게 만든다. 암살 계열의 각성자는 그 오라를 숨길 수 있지만, 적어도 강혁준에게는 그런 재주가 없었다.

시간이 갈수록 도망 다니는 악마들 때문에 사냥하기가 훨씬 힘들어지고 있었다. 그러던 경우, 빠른 다리를 가진 박준열은 아주 유용한 미끼 역할을 해주었다.

"꾸륵…… 꾸르극……."

탈라드의 몸은 점점 굳고 있었다. 혁준의 양손검에 부여된 크래그의 독 때문이다.

"역시 하급 데몬들에게 독만큼 유용한 것이 없지."

탈라드는 다가오는 혁준을 보면서 안간힘을 쓴다. 하지만 아무리 용을 써도 움찔거릴 뿐이다. 크래그의 독이 온몸에 퍼진 탓이다.

푸욱!

양손검이 그대로 두개골을 가른다. 치명적인 일격을 받은 탈라그는 그대로 죽고 말았다.

그는 능숙한 손놀림으로 정수와 부산물을 챙겼다.

"윽… 이건 뭔가요?"

"놈의 위장이지. 안 터지게 조심해서 들고 가야한다. 잘 못해서 위산을 뒤집어쓰면 네 몸쯤은 순식간에 녹여버릴 걸."

"히익."

겁 많은 준열은 그것을 차마 건드리지도 못했다.

"얼른 안 가지고 오면 내버려두고 간다?"

준열은 울고 겨자 먹기로 위장을 짊어졌다. 그것은 꽤 무거워보였지만 크게 힘들어하지 않았다.

"등급이 제법 오른 모양이군."

"네. 근데 민첩성이 오르면 좋겠는데. 자꾸 근력만 올라서 고민이네요."

빠른 다리를 가진 준열은 민첩성을 올리는 것이 유용했다. 하지만 하급 악마들의 정수는 랜덤으로 능력치를 부여했다. 준열은 그 점이 늘 불만이었다.

"근력도 중요해. 강한 데몬일수록 기본적으로 물리 내성을 가지니까."

"알겠습니다."

둘은 계약을 맺은 상태였다. 준열이 미끼로 데몬을 유인하면 혁준이 사냥을 하는 구조다. 혁준은 손쉽게 악마를 잡아서 좋았고, 준열은 위험부담은 있지만 사냥한 악마의 20%의 지분을 가지게 되었다.

"오늘은 여기까지 하자."

"넵."

사냥을 마친 그들은 전리품을 가지고 거주지로 돌아갔다.

## Part 12 하룻강아지

크래그를 잡은 날 이후, 제법 시간이 흘렀다. 그러는 동안 김형식 실장이 거느리던 생존자 무리도 그 규모가 훨씬 커지게 되었다.

250명에 불과했던 사람들은 어느새 3000명까지 늘어난 것이다. 생존자 숫자도 불어난 탓에 더 이상 마트에서 웅크릴 수도 없었다.

김형식의 주도하에 마트를 중심으로 대규모 방벽 공사가 이루어졌다. 그리고 그것은 성과를 거두게 되었다.

마트가 시청역할을 하게 되었고, 그 주위로 생존자가 넓게 분포해서 생활하기 시작했다.

그 중에서 북쪽의 방벽은 임태원이 관할하고 있었다.

주로 하는 일은 생존자를 받아들이는 것이다.

"형님!"

바깥을 예의주시하고 있는데, 반가운 얼굴이 보인다. 바로 강혁준과 박준열이었다.

"오늘도 한건했구나."

"뭐 이정도야 기본이죠."

악마를 잡은 것은 강혁준이었지만, 으스대는 사람은 박준열이었다. 태원은 너털 웃음을 터뜨리며 혁준을 바라보았다.

강혁준은 조용한 사람이었지만, 그의 영향력은 이곳에서 제일 막강했다.

'그가 아니었다면, 이렇게 많은 사람이 생존할 수 있었을까?'

임태원은 끔찍했던 예전의 일이 떠올랐다. 매일 '악마들이 습격하지 않을까?' 라는 생각에 잠도 제대로 이루지 못했다.

하지만 혁준이 합류한 이후로 그런 두려움은 사라졌다. 그는 매일 강력한 데몬의 머리를 가져와서 방벽에 장식했다.

그로 인해 근방에서 EE-마트는 제일 안전한 지역이 되었다. 결국 그로 인해 새로운 사회가 성립된 것이다.

'정말 대단한 사람이야. 하지만 그래서 더 두려워. 그의

마음가짐에 따라 3000명의 생명이 좌우되니까. 과연 그것
이 옳은 것일까?

"형님. 무슨 생각을 그렇게 깊게 하시나요?"

"아니다. 별거 아니야."

"그럼 나중에 또 찾아뵐게요."

작별인사를 한 그들은 곧바로 마트 쪽으로 움직였다.

✛

규모가 커진 후에도, 김형식은 공동체의 장이 되었다. 하
지만 그것은 여러 가지 문제점을 불러일으켰다.

문제는 외부에서 굴러들어온 군주와 클랜들이었다. 그들
은 굴러들어온 돌이었지만, 권력욕의 화신과 같은 자들이
었다. 제작자 특성을 가진 김형식을 얕잡아보고 그의 자리
를 뺏기 위해 수단과 방법을 가리지 않았던 것이다.

"이봐. 당장 책임자 나오라고 해!"

"이… 이러시면 안 됩니다."

마트 안에 들어서자 보이는 것은 행패를 부리는 사람들
이 있었다. 혁준은 한눈에 그들이 각성자라는 것을 알았다.

"그냥 말로 하니깐 내가 우습게 보인다 이거지? 아주 난
장판으로 만들어줘?"

언성이 높아진다. 금방이라도 싸움이 일어날 것처럼

분위기가 험악해져간다. 하지만 강혁준은 아무렇지 않은 표정으로 그들을 지나친다. 그리고 김형식 부하에게 묻는다.

"안에 김실장 있나?"

"네? 아 네. 지금 계십니다."

"그래. 계속 수고하라고."

혁준은 굳이 그들의 싸움에 참가할 생각은 없었다. 애들 장난에 참가해봤자 귀찮을 뿐이기 때문이다. 다만 행패를 부리던 사람의 생각은 달랐다.

그들은 강혁준을 몰라보고 짖기 시작했다.

"저 먹다 남은 뼈다귀는 뭔데 안으로 들어가는 거야? 지금 장난쳐?"

순식간에 분위기는 반전되었다. 김실장의 부하들은 오히려 강혁준의 눈치를 보기 시작한 것이다.

"자… 잠시만요. 여기서 피를 보시면 안 됩니다."

"저희가 처리 할 테니. 제발 참으세요."

일이 이렇게 돌아가자 어리둥절해진 것은 행패를 부리던 남자들이었다. 김실장의 부하들은 드잡이할 때에도 쉽게 물러서지 않았었다. 그런데 20대 사내 한명한테 여럿이 쩔쩔매는 것이 뭔가 심상치가 않았던 것이다.

"……."

주변의 만류에도 불구하고 혁준은 뒤돌아서서 행패를

부리던 놈들에게 다가간다. 그리고는 한쪽 입가를 올리며
미소 지었다.

"그게 끝이야?"

"뭐? 뭐가?"

"나는 지금 네 시비를 받아주고 있거든. 그러니까 계속
해봐."

만약 그들이 여기서 꼬리를 말고 조용하게 물러나면 혁
준은 더 이상 손을 쓰지 않을 생각이었다. 하지만 상대는
조폭 출신의 각성자였다.

'이대로 물러서면 남자가 아니지.'

찜찜한 느낌이 들지만 남자는 용기를 내기로 했다. 자신
옆에는 세 명의 동료가 있었다. 그에 비해 혁준은 홀홀단신
이지 않는가?

"허……. 시발 새끼가 혓바닥 그렇게 놀리면 X되는 거
안 배웠냐?"

동시에 조폭 각성자는 손을 들어 혁준의 뺨을 후려쳤다.

짝!

혁준의 고개가 확 꺾인다.

"아……."

여기저기서 탄성이 흘러나온다. 분명 폭행의 피해자는
강혁준이었다. 하지만 연민의 시선은 혁준이 아니라 행패
를 부리던 자들을 향하고 있었다.

"너희들이 먼저 때렸지? 그럼 이제부터 내가 하는 행위는 정당방위다?"

혁준의 주먹을 가볍게 쥐었다. 그리고 그것은 단번에 각성자의 턱을 치고 지나갔다.

"어?"

가벼운 잽이었다. 하지만 그것은 그의 뇌를 흔들어버렸다. 남자는 균형감각을 잃고 그 자리에서 허물어진다.

강혁준은 그것을 끝을 낼 생각이 없었다. 곧바로 쓰러져 있는 각성자의 머리를 싸커 킥으로 날려버렸다.

퍼억!

부러진 이 조각이 허공을 수놓는다. 치유 계열의 각성자의 도움을 받지 못한다면, 평생 죽만 먹어야 할 팔자다.

"뭘 뻔히 쳐다만 보냐? 얼른 들어와라."

혁준은 손가락을 까딱거리며 도발했다. 반면에 나머지 조폭 각성자들은 분기탱천했다.

"씨바. 저 새끼 쳐!"

한명을 상대로 3명이 달려든다. 하지만 혁준에게 있어서 그들의 주먹질은 어린 애들 장난이나 다름없었다.

조폭 하나가 혁준의 얼굴을 향해 강하게 주먹을 휘두른다. 혁준은 손을 들어서 그것을 가볍게 빗겨쳤다. 갑작스럽게 방향이 바뀐 주먹은 오히려 동료의 얼굴을 때렸다.

"헉… 미안."

"야! 이게 무슨 짓이야."

동료의 주먹을 맞은 자는 코가 시뻘겋게 부어오른다. 코피가 나는 것이 꽤나 아픈 모양이다.

"계속 해봐."

혁준은 입가에 미소를 짓는다. 하지만 눈언저리에는 아무 움직임이 없다. 그런 표정을 보통 비웃음이라고 부른다.

"이익……."

혁준의 뒤편에서 기회를 노리던 조폭은 몸을 던졌다. 이대로 혁준을 쓰러뜨린 다음에 집단 린치를 가할 생각이었다.

다만 그것은 헛수고에 그치고 말았다. 그저 바닥을 걸으면서 전해지는 진동만으로 그의 의도를 알아차린 것이다.

퍼억!

혁준은 팔꿈치로 뒤를 찔렀다. 그것은 조폭의 명치에 정확히 박혀들었다.

"크억."

숨이 막히는 고통에 그는 앞으로 수그린다. 하지만 그것은 시작에 불과했다. 혁준의 손아귀가 그의 목을 틀어쥔다.

"큽."

싸움질을 위해 몸을 불린 그의 몸무게는 무려 100kg을 가볍게 넘긴다. 하지만 혁준은 무슨 장난감이라도 되는 것처럼 들어올렸다.

"컥… 커억……."

엄청난 힘이었다. 한 손으로 지탱하지만 혁준의 얼굴은 전혀 힘든 기색이 없다. 반면에 조폭의 얼굴은 점점 시퍼렇게 변하기 시작했다. 산소가 부족한 것이 분명하다.

"그만 둬!"

동료의 위기에 더 이상 참지 못한 조폭이 자신의 고유 특성을 개방한다. 바로 화염 덩어리가 그의 손에서 생성된 것이다.

그것은 C등급이나 하는 '발화' 특성이었다. 마력을 소모하는 특성으로서 제법 유용하다는 평을 얻은 스킬이다.

"후회하지 않을 자신 있나?"

혁준은 나지막한 목소리로 묻는다. 언뜻 들으면 산책 갈래? 라고 묻는 것 같았다. 하지만 그의 말은 무서운 속 내용을 담고 있었다.

목숨 걸고 싸울 자신이 있냐고?

"으윽……."

조폭은 갈등하기 시작했다. 자신의 손에 넘실거리는 화염을 그대로 혁준의 등에다가 던져버리고 싶었다. 숯이 된 그의 시체에 침을 뱉고 마음껏 비웃어주고 싶었다.

그러나 그 순간 그는 혁준의 두 눈에 담긴 열망을 보고 말았다.

'혁…….'

혁준은 오히려 그가 특성을 사용하는 것을 원하고 있었다. 마치 썩은 고기를 노리는 독수리처럼 말이다.

피시식-!

화염은 그대로 꺼지고 말았다. 조폭이 힘을 거두었기 때문이다.

"흥."

혁준 역시 흥이 깨지는 표정을 지었다. 그리고는 움켜쥐고 있던 녀석을 바닥에 던져버렸다.

"쿠억…."

비명을 지르면서 한참 나뒹군다.

'아섭군. 잘하면 발화 특성을 얻을 기회였는데.'

악마와 마찬가지로 각성자의 시체 속에서도 정수를 찾을 수가 있었다. 랜덤 확률이긴 하지만 운이 좋다면 고유 특성을 그대로 가져올 수도 있다.

혁준은 만약 그들이 살수를 쓴다면 사정을 봐주지 않고 모조리 참해버릴 작정이었다. 이빨을 드러내는 개자식을 살려줄 만큼 혁준은 자비롭지 않다.

"미안하다. 더 이상은…… 말썽을 피우지 않겠다."

조폭은 항복 의사를 밝혔다. 그리고 그들은 쓰러진 동료를 일으켜 세우고 밖으로 나가려고 했다. 하지만 혁준은 그들을 쉽게 보내줄 생각은 없었다.

"누구 맘대로 나가래?"

혁준은 먼저 입구를 틀어막았다.

"사과하지 않았나? 도대체 이유가······."

"사과하면? 유감이었던 일이 모두 사라지나?"

혁준은 빈 손을 내밀었다. 조폭은 그것을 이해하지 못하고 멍청한 얼굴로 물었다.

"그건?"

"너희들 때문에 겪은 피해를 보상해주어야겠다."

"다친 건 우리다. 그에 비해 너는 아무렇지도 않잖아."

"아니. 너희들 때문에 정신적인 피해를 입었다고. 하급 정수 10개 정도면 적당한 합의금이 되겠군."

"그···런 억지가······."

"여기 있지."

혁준은 일고의 자비도 없었다. 하지만 그들이 가진 정수는 고작 3개 밖에 없었다.

"이것이 전부다. 정말이야."

강혁준은 3개의 정수를 모두 챙긴 후 말했다.

"흠······ 할 수 없지."

조폭들의 얼굴이 밝아졌다. 나찰 악귀와 같은 혁준에게서 이제야 벗어날 수 있다고 생각했기 때문이다.

"부족한 부분은 몸으로 때우자."

혁준은 우두둑 손을 꺾으며 그들에게 다가갔다.

"히이이익!"

조폭들은 서로의 몸을 부둥켜안고 새된 비명을 질렀다.


철컥!

사무실의 문이 열리고, 강혁준이 들어섰다. 평소와 다른 점이 있다면 그의 옷에 묻은 핏자국이었다.

"소음이 여기까지 들리더군. 자네 이름만 알려주면 가볍게 해결될 일을 왜 굳이 어렵게 만드는가?"

공동체의 리더이자 유능한 제작자인 김형식이 한숨을 쉬며 말한다. 반면에 혁준은 그저 어깨를 으쓱거리며 대답했다.

"자기 주제를 모르는 자들이지 않습니까? 문제는 저렇게 당하고도 또 어리석은 일을 한다는 점이지만. 어쨌든 당분간은 이곳도 조용하겠죠?"

공동체 내에 제일 큰 문제는 바로 각성자 클랜들이었다. 그들은 틈만 나면 김형식을 압박하려 들었다. 그나마 강혁준의 존재가 아니었다면 이미 사단이 나도 여러 번 났을 것이다.

강력한 후견인의 존재로 각성자 클랜들은 더 이상의 도발을 자제하고 있었다. 반면에 방금 행패를 부린 조폭 각성자들은 근래에 입성한 자들이었다.

"어쨌든 작은 분쟁을 해결해준 점은 고맙네."

"별말씀을요."

"그나저나 내가 만든 그것은 쓸 만한가?"

김형식은 자신의 제작자 스킬을 이용해서 양손 검을 만들었다. 단단한 데몬의 뼈로 만든 검의 이름은 '베로시카'였다.

-베로시카 : 데몬 베로스의 뼈로 만들어진 양손검이다. 단단한 내구성이 장점이다. 그 외에는 특별한 장점이 없다.

"네. 마음에 들었습니다."

회귀 전에 사용했던 전설의 무구보다 손색이 많은 것은 사실이다. 하지만 지금 상황에서는 이만한 무기도 고맙게 써야 한다. 몸집이 거대한 데몬 상대로는 양손 검이 제격이 었기 때문이다.

"처음 만드는 것이라 많이 걱정이었는데 다행이군."

김형식은 와인 잔을 꺼내들고 혁준에게 말했다.

"자네도 한잔하겠나?"

"아뇨. 생각 없습니다."

고개를 끄떡인 그는 와인을 잔에 따랐다. 그는 한 모금을 마신 후, 말했다.

"점점 그 날이 다가오고 있군. 요새 들어서 이 녀석이 아 니면 잠도 들지 못한다네."

"그저 거짓부렁이로 취급해도 됩니다만."

"나도 그러고 싶네. 하지만 믿을 수밖에……."

회귀를 한 혁준의 목표는 단 한 가지였다. 모든 악마를 멸절하고 지구를 다시 인류의 것으로 되돌리는 것.

다만 그것은 개인의 힘으로 해낼 수 있는 일이 아니었다. 좋든 싫든 강혁준에게는 믿을 수 있는 조력자가 필요했다. 전생에서는 그 점이 부족했기 때문에 결국 배신으로 실패 하지 않았던가?

김형식은 훌륭한 조력자였다. 그의 인성이나 실력을

볼 때, 그보다 더 어울리는 자는 찾기 어렵다. 믿을 수 있는 조력자를 얻기 위해서 어느 정도의 진실은 필요했다.

혁준은 먼저 가까운 미래에 있을 데빌의 준동에 대해 이야기했다. 물론 처음에는 그의 말을 믿지 않았다.

'그런 허무맹랑한 말은 믿지 않아!'

그것이 형식의 첫 반응이었다. 혁준은 결국 약간의 거짓말을 해야 했다. 바로 자신의 고유 특성이 '미래 예지'라고 이야기한 것이다.

'당신이 제작자 특성을 가졌다는 것도 미래를 읽고 알아낸 것이다.'

혁준은 미래의 일을 몸소 겪은 산증인이기도 했다. 그렇게 보면 미래를 읽는다는 그의 말도 완전히 틀린 건 아니다.

"자네 말대로 최대한 힘을 비축했지. 하지만 과연 우리가 데빌을 상대로 이길 수 있을까? 그들은 하나 된 의지로 일사분란하게 통일되어 있다고 했지. 하지만 우리는 각자의 욕심에 휘둘려 사분오열하고 있지 않은가?"

힘을 하나로 합쳐도 이기기 힘들다. 하지만 우후죽순으로 생겨난 클랜들은 서로 힘겨루기에 정신이 없었다.

"차라리 자네가 우리의 리더가 되는 것이 어떤가?"

형식은 짐짓 넌지시 물어보았다. 언제부턴가 그는 지도자 자리에서 내려오고 싶었다. 따지고 보면 김형식보다 강혁준이 더 지도자에 어울린다는 것이 그의 생각이었다.

엄청난 무력과 단호한 행동력을 볼 때, 그 누구보다 뛰어난 지도자가 될 수 있다. 하지만 강혁준은 고개를 저었다.

"천만에요. 저보다 당신이 그 자리에 어울립니다."

그는 이번에도 형식의 제안을 거절했다. 물론 자신이 지도자가 된다면 다른 클랜의 도발도 사그라질 것이다. 하지만 그것은 전생과 똑같은 우를 범하는 짓이다.

'이대로 발이 묶이는 것만은 피해야 해.'

전생에도 책임져야 할 비각성자 때문에 여러 번 발목을 잡히지 않았던가? 혁준은 자신이 잘하는 일을 떠올렸다.

'나는 비수다.'

혁준은 인류가 가진 유일한 핵심 무기였다. 그런 핵심 무기를 금고 안에 넣어두는 일은 어리석은 짓이다.

'아직 내 검은 뭉툭하고, 녹 쓸어있다. 하지만 계속해서 갈고 닦아 악마대군주의 목줄을 끊어버려야 해. 그 목적을 위해서라도 나는 한 곳에서 쉴 수 없지.'

혁준은 노심초사하고 있는 형식에게 위로의 말을 전했다.

"걱정하지 마십시오. 나름 만반의 준비를 하지 않았습니까? 그리고 위기는 곧 기회라는 말도 있더군요. 이번 사태를 잘 이용하면 골치 썩이던 클랜도 깔끔히 처리할 수 있을 겁니다."

혁준은 전생의 일을 잊지 않고 있었다. 배신이나 일삼던 그들에게는 두 가지 선택이 주어질 것이다. 그리고 잘못된 선택을 한다면…….

'생각만 해도 달콤하구나.'

혁준의 입가는 진한 미소로 가득했다.

✤

심연의 저편.

지옥은 여러 개의 층으로 나뉘어져 있다. 그 중에서도 제일 상층부에서는 곧 새로운 세계로 나아갈 준비를 하고 있었다.

데빌 아쥬르카.

그들은 어비스 최상층의 거주민으로 인류를 말살하기 위해 출발하는 첫 번째 기수역할을 맡았다.

살집은 창백하고 털은 거의 나지 않았다. 늘어진 입에는 뾰족한 어금니가 약간 튀어나와 있고, 붉은 두 눈에는 적의가 가득하다.

그 주위에는 마계 쥐가 들끓고 있었는데, 아쥬르카들은 태어날 때부터 숙련된 조련사였다. 그들은 작은 크기의 데몬을 텔레파시로 조종이 가능했다.

촤아아아악…….

어둡고 습한 세계에서 한줄기 빛이 새어나오기 시작한다. 처음엔 약해보였던 그것은 점점 커지기 시작했다.

동시에 어둠에 잠들어 있던 아쥬르카 무리가 몸을 일으켰다. 그들은 새로운 세상을 맞이할 준비가 되었다.

그들의 뇌리에는 단 하나의 명령이 새겨졌다.

-인류를 죽이고 그 땅을 정복하라.

"바사크. 아론. 데바리움!"

"데바리움!"

찬란한 빛은 어느새 달무리의 형태를 띄기 시작했다. 그리고 달무리 너머로 지상의 모습이 드러났다. 대지진으로 쑥대밭이 된 곳이지만, 아직 인류의 존재를 피부로 느낄 수 있었다.

그곳을 바라보는 것만으로 맹렬한 적개심이 그들을 자극시켰다. 굳이 이야기하지 않아도 그들은 서로 해야 할 일을 깨우쳤다.

"크롸아아아아."

"크아아아아아."

그들은 줄지어서 새로운 세계로 발걸음을 옮겼다.

✤

은량 클랜의 아침은 시끌벅적했다.

"이게 말이나 되나요?"

"형님. 이거 볼 것도 없습니다. 우리를 깔아뭉개려는 수작입니다."

"다른 클랜과 연합을 해서 누가 위인지 알려주죠."

군주 진성규는 머리가 아파오려고 했다. 자신의 부하라고 할 수 있는 클랜원이 입에 거품을 물고 소리쳐대기 때문이다.

'그나저나 골치 아프군. 갑자기 세금을 걷는다니.'

공동체의 리더를 맡고 있는 김형식은 어제부터 새로운 규칙을 만들었다. 바로 클랜을 상대로 세금을 내라는 것이다.

그것은 클랜에 속한 각성자들의 반감을 사기에 충분한 것이다.

"우리는 얼마나 내라고 하던가?"

"넵. 달마다 50개의 하급 정수를 요구했습니다."

하급 정수 50개.

그것을 달성하는 것은 그리 어려운 일은 아니었다. 자신의 클랜원들을 모아서 3~4일 열심히 사냥하면 그 정도 수치는 달성할 수 있다. 하지만 그 후가 문제다.

"우리 말고 다른 클랜에게도 세금을 요구했다며?"

"네. 그렇습니다. 한 곳도 빠짐없이 공고문을 보냈다고 하더군요."

이곳에 척을 두고 생활하는 클랜 숫자는 15개 넘는다. 그들이 내는 세금을 모두 합치면 하급 정수 750개나 된다.

'시간이 흐를수록 그것은 큰 차이가 된다.'

김형식은 유능한 제작자이지 군주는 아니다. 하지만 무리의 장이 되는데 꼭 군주 특성이 필요한 것은 아니다.

적절한 보상과 사회적인 지위.

하급 정수 750개면 충분히 두 가지 조건을 충족시킬 수 있었다. 상대를 감화시키는 카리스마도 중요하지만 일단 사람이라는 존재는 먹고 살아야 하는 것이다.

'이대로 있다가는 모든 것을 뺏길지도 모른다.'

은량 클랜의 군주 진성규는 위기감이 들었다. 그는 자신이 EE-마트를 비롯한 3000명의 지배자가 될 것이라고 생각하고 있었다.

문제라면 진성규와 똑같은 생각을 하고 있는 자가 많았다는 점이다. 왕좌는 하나지만 그것을 노리는 군주들 때문에 미묘하게 균형이 유지되던 참이었다.

다만 그것도 어제까지 이야기였다. 김형식이 먼저 칼을 빼들었다. 어떻게든 방법과 수단을 마련해야 할 시기였다.

회의가 지지부리하게 흘러가던 도중, 문이 벌컥 열리면서 클랜의 말단 조직원이 들어 왔다.

"지금 회의 중인 거 안 보이냐?"

간부 하나가 화를 벌컥 내었다. 그 서슬에 기죽은 말단 조직원은 고개를 숙이며 말했다.

"죄송합니다."

"그만하고 무슨 일이야?"

군주 진성규는 따분한 목소리로 물었다.

"구식이네 클랜에서 사람이 왔습니다. 급히 할 이야기가 있다고 합니다."

15개의 클랜이 모두 동일한 규모를 가진 것은 아니다. 세력이 큰 대표 클랜은 3개가 있었다.

첫째로 군주 진성규의 은량 클랜은 숫자가 제일 많았다. 아직 대부분 각성자 등급이 F급이나 D급이라는 점을 생각할 때, 숫자의 힘은 강함을 나타내는 척도나 마찬가지다.

두 번째로 구식이네 클랜이 있다. 숫자는 은량 클랜 다음 가는 편이지만, 그 멤버 하나하나가 심상치 않다. 클랜 구성원이 전직 조폭들이기 때문이다.

특히 군주 김구식의 싸움 실력은 무시무시하다고 알려져 있었다. 은량 클랜의 최대 적수가 그들이라고 보면 된다.

마지막으로 한량(돈 잘 쓰고 잘 노는 사람이라는 뜻) 클랜이 있다. 이름에서 알 수 있지만, 도무지 위기 감각이 부족한 결여된 사람들이었다.

소문으로 듣기에 온라인 게임 길드원이 모여서 만든 클랜이라고 한다. 특징이 있다면 악마 사냥을 게임처럼 즐긴다고 한다. 규모는 작은 편이지만 개개인의 실력이 출중한 편이었다.

위의 세 클랜을 제외하고 나머지는 그 밥에 그 나물이었다.

"구식이네라고?"

시기가 공교롭다. 진성규의 고민은 길지 않았다.

"들여보내."

"넵."

아마도 세금 관련으로 보낸 것이겠지? 일단 이야기는 들어볼만하다.

이윽고 구식이네 사람이 들어왔다. 얼굴이 험상궂은 것이 조폭 출신답다.

"안녕하십니까?"

그들은 허리를 90도로 숙이고 인사를 한다. 흔히 말하는 깍두기식 인사법이다.

성규는 거만하게 앉아서 계속 하라고 손짓을 했다.

"저희 형님이 긴히 드릴 말씀이 있다고 하십니다. 여기 받으십시오."

구식이네 클랜원이 건네는 것은 초대장이었다. 성규는 그것을 받아서 읽었다.

"흠……."

초대장의 내용은 간단했다.

서로 힘을 합쳐서 일단 김형식을 몰아내자는 내용이었다. 뜻을 합치기 위해서 회합의 장소도 준비했으니 오셔서 자리를 빛내달란다. 초대장에는 은량 클랜을 비롯해서 15개의 클랜 모두 초대하고 있었다.

"이거 된통 걸렸군."

진성규는 쓴 미소를 지었다.

이렇게 모두 초대해버리면 은량 클랜도 울며 겨자 먹기로 참석 할 수밖에 없다. 참석하지 않는다면 은량 클랜은 따돌림 당할 것이 불 보듯 뻔하기 때문이다.

'반 동탁연합을 만든 사람은 다름 아닌 조조였지. 무식하게 싸움만 잘 하는 작자인줄 알았는데, 심계가 대단하군.'

**Part 14 반란**

김구식에 관한 평가를 바꿀 필요가 있어 보인다. 이것으로 주최자의 자리는 김구식이 가져갔다. 하지만 이대로 계속 주도권을 뺏길 생각은 없다.

"참석한다고 전해라."

성규의 말이 끝나자 조폭들은 꾸벅 고개를 숙이고는 퇴장했다.

"형님. 괜찮겠습니까?"

간부 하나가 염려하는 목소리로 말했다.

"공동의 적이 생긴 마당에 그들도 어리석은 짓은 안할 것이다. 하지만 문제는 그 후의 일이다."

이번 일을 계기로 아슬아슬하게 균형을 이루던 구조가

급변하게 될 것이다. 처음 이곳을 점령했던 김형식과 새롭게 대두된 클랜의 싸움이 일어나기 직전이었다.

'김형식. 그 자는 전혀 두렵지 않아.'

아무리 재주가 좋아도 제작자에 불과하다. 게다가 김형식의 부하 각성자들 역시 전체 클랜에 비하면 소수에 지나지 않다.

클랜끼리 힘을 합친다면 김형식 따위는 단번에 쓰러뜨릴 수 있다.

허나 한 가지 걸림돌이 있었다.

'괴물 사냥꾼. 그 자가 문제다.'

그는 마치 도시전설 같았다.

모두가 두려움에 떨고 있을 때, 그는 홀로 괴물을 때려눕혔다. 지금 EE-마트가 안전지대가 된 것은 온전히 그의 작품이었다.

'괜찮을까?'

김형식의 그림자에는 언제나 강혁준이 도사리고 있었다. 아마 이번 분쟁에서도 강혁준이 참여할 의지가 다분해보인다.

'그 녀석이 아무리 대단한 놈이라도 클랜 전체를 상대할 수는 없을 것이다. 지래 겁먹을 필요는 없어.'

성규는 그렇게 결정을 내렸다. 괴물 사냥꾼도 결국 피와 살로 이루어진 인간이다. 결국 마지막에 승리하는 자는 자신이 될 터였다.

'하지만……. 왜 이렇게 초조하지?'

그럼에도 스멀스멀 기어오르는 불안감이 좀처럼 가시지 않았다.

구식이네 클랜이 마련한 회합의 장소는 EE-마트에서 1km 떨어진 곳이었다.

장소는 중고차 매매장.

고철에 불과한 자동차가 줄지어져 서 있었다. 황량한 곳이었지만, 적어도 이곳이라면 이야기가 새어나갈 염려는 없다.

'하긴 조심해서 나쁠 것은 없지.'

은량 클랜의 군주 진성규는 주최 측의 의도를 읽었다. 따지고 보면 역모를 꾸미는 짓이다. 떳떳하게 행동하는 것이 더 이상하다.

"어서 오십시오."

구식이네 부하인 각성자가 깍듯하게 인사한다. 땀을 꽤나 흘리는 것이 긴장한 모양이다.

'떨리나 보군. 하긴 이런 자리는 나도 처음이지.'

크고 작은 클랜의 군주가 한 자리에 다 모인다. 파워 게임은 이미 시작된 것일지도 모른다.

웅성웅성.

휴게실에는 이미 많은 수의 사람이 한데 모여 있었다.

'어중이떠중이가 다 모였군.'

군주들은 의심이 많다. 일단 같은 목적아래 모였지만, 혹시 모를 사태에 대비하기 위해 대부분의 각성자들이 다 모여든 형국이다. 그것은 세가 약한 클랜일수록 더욱 그런 경향을 보였다.

"형님. 많이도 모였군요."

수행원으로 따라온 간부가 옆에서 속삭인다. 이렇게 많은 각성자들이 한 자리에 모여든 것은 머리털 나고 처음 보는 장면이다.

"회의실은 이곳입니다."

끼이익!

군주 진성규는 당당하게 회의실에 입장했다. 먼저 자리하고 있던 군주들의 시선이 그를 향한다.

"늦어서 미안하오."

각각의 자리에는 군주의 이름이 적힌 이름표가 부착되어 있었다. 성규는 뚜벅뚜벅 자리로 이동하면서 참석한 군주들의 면모를 살폈다.

'역시 그녀도 참석했군.'

자리에 착석한 14명의 군주 중에서 유일하게 홍일점이 있었다. 바로 3대 클랜 중 하나인 한량 클랜의 군주 설류하였다.

한량 클랜은 소규모이지만 멤버 하나하나가 정예였다.

하지만 그보다 더 큰 유명세는 바로 설류하의 미모였다.

부드러운 윤곽을 가진 얼굴선에 피부는 백옥처럼 희다. 시원하게 뻗은 콧선과 더불어 자신만만한 눈빛은 그녀를 더욱 아름답게 치장해주었다.

'콧대가 높아 보이는군. 하지만 그 점이 오히려 마음에 들지. 너무 쉬운 여자는 재미없으니까.'

진성규는 음흉한 웃음을 애써 감추며 자리에 앉았다.

이것으로 14명의 군주가 모두 모였다. 다만 아직 상석인 김구식의 자리는 비어있었다. 아직 참석하지 않은 것이다.

'흥. 주인공은 제일 늦게 등장한다는 건가?'

진성규는 자신의 유일한 라이벌을 김구식이라고 생각했다. 만약 그와 전면전을 펼친다면 승률은 반반으로 점치고 있었다.

그는 김구식과의 첫 만남을 떠올렸다.

190cm의 커다란 키. 떡 벌어진 어깨와 부리부리한 눈매를 보면 딱 호랑이의 이미지를 연상시켰다. 게다가 그는 군주인 동시에 타고난 싸움꾼이었다. 자신보다 강한 데몬을 상대하면서 전혀 물러서지 않는 두둑한 배포를 가진 자였다.

'게다가 이런 자리까지 마련한 것을 보면 머리도 비상하다. 어쨌든 제일 조심해야 할 자는 바로 김구식이다.'

끼이익······.

굳게 닫혀있던 문이 열린다.

드디어 주최자가 그 모습을 드러낸 것이다.

"끄으으으……."

뭔가 이상하다.

군주 김구식은 제대로 서 있지도 못하고 있었다. 그의 얼굴은 시뻘겋게 부어올라서 마치 호빵맨을 보는 것 같았다. 듬성듬성 빠진 이가 그의 행색을 더욱 초라하게 만들었다.

턱!

문 뒤에서 누군가가 김구식의 머리채를 사정없이 낚아챈다. 그것에 김구식은 아무런 저항도 하지 못 했다.

"컥!"

김구식의 등 뒤에서 새로이 등장한 남자의 행동은 거침이 없었다. 김구식을 말 안 듣는 똥개처럼 끌고 회의실 안으로 난입한다.

질질…….

힘없이 딸려오는 김구식.

당당히 3대 클랜의 한 자리를 차지하는 그가 이런 행태를 보일 것이라고 그 누가 예상했겠는가?

끌고 온 김구식을 중앙에 마련된 탁자 위로 던진다.

"쿠엑……."

마치 돼지 새끼마냥 비명을 지른다. 볼품없는 그의 모습을 보며 참석한 군주들은 모두 충격에 휩싸였다. 김구식을 마치 가축처럼 취급하는 남자의 모습이 낯이 익었기 때문이다.

"괴물 사냥꾼……."

마치 유령이라도 본 것 같은 어투였다. 이곳에 모인 군주가 제일 껄끄럽게 생각하는 사람이 단 한 명 있다면…….

다름 아닌 강혁준이었다.

"모두 신수가 훤하군."

강혁준은 입가에 미소를 지었다. 반면에 군주들은 갑작스러운 상황변화를 받아들이지 못하는 모양이다.

강혁준은 유일하게 비어있는 상석에 앉았다. 원래는 김구식의 자리였지만 그는 지금 인사불성 상태였다.

"모두 네 놈의 계략이었군."

은랑 클랜의 군주 진성규가 이를 갈면서 소리쳤다. 반면에 강혁준은 의자에 반쯤 누워서 대답했다. 그 모습이 마치 여가라도 즐기는 모양새다.

"그래. 빨리도 알아차렸군."

노골적으로 빈정대는 목소리다. 마치 네 놈들 따위는 뛰어봐야 손바닥 안에서 가지고 논다는 어투였다.

"그 와중에도 이해 못하는 녀석이 있으니 간단히 설명해주지."

15명의 군주가 한 자리에 모이게 된 것은 처음부터 강혁준의 노림수였던 것이다.

먼저 그는 김형식으로 하여금 클랜들에게 무거운 세금을 매기도록 만들었다. 아주 대놓고 반란을 유도한 것이다.

동시에 강혁준은 늦은 새벽 구식이네 클랜을 몰래 방문했다. 이후에 그는 혈혈단신으로 구식이네 클랜을 평정해 버렸는데, 특히 김구식을 무자비하게 두드려 패던 장면은 모두에게 엄청난 두려움을 선사했다.

"김구식의 모가지를 보존하기 위해 놈들은 내 말을 들을 수밖에 없었지. 반란을 획책하는 초대장은 내 작품이고, 너희들은 미끼에 걸려든 물고기인 셈이지."

'당했다.'

그곳에 자리한 군주들의 머릿속에 떠오른 단어는 동일했다.

단 한 명 설류하를 제외하고는.

그녀는 오히려 입가에 미소를 지으며 강혁준을 바라보았다.

'이 남자 제법인데?'

이때까지 만난 시시한 남자와는 뭔가 특별한 점이 있었다.

혁준은 탁자위에 다리를 올린다. 거만하고 무례한 태도였지만 아무도 그것에 태클을 걸지 못했다.

"너희들에게 마지막으로 기회를 주지. 내 말을 따를지

말지는 너희 자유다. 하지만 잘못된 선택을 한다면 아마 삶이 굉장히 고달프게 될 거야."

"……."

강혁준은 또박또박 말을 말했다. 절대 잘못 듣는 일이 없도록.

"오늘부로 너희 모두는 김형식 밑으로 배속된다. 동시에 각각 클랜은 매달 하급정수 200개를 세금으로 납부한다. 만약 이를 조금이라도 어긴다면……."

혁준은 득의양양한 얼굴로 말했다.

"지옥을 맛보게 해주지."

그것은 간곡하게 부탁하는 것이 아니다. 이미 정해진 일을 통보하는 것이다. 강혁준은 어떤 이의도 용납하지 않을 생각이었다.

"하! 웃기지 마라."

곧바로 반발이 나온다. 바로 은량 클랜의 진성규였다.

'놈은 한 명에 불과해. 설혹 김형식의 부하 놈들이 매복하고 있더라도 상관없다. 숫자로 밀어붙이면 우리의 승리야.'

짧은 시간이지만 진성규는 계산을 마쳤다. 생각하지 못한 그의 출현은 분명 충격적이다. 하지만 강혁준은 폭군처럼 행동했다. 그것은 분명 군주들에게 큰 반발을 불러일으킨다.

'멍청하게 여기 있는 군주 모두와 척을 지다니.'

자동차 매매장에 모인 각성자 숫자는 300명을 가볍게 넘긴다. 강혁준 개개인의 힘으로 그것을 감당하는 것을 불가능하다고 여겨졌다.

"너야말로 착각하고 있군. 그런 엄포가 우리에게 통할 것 같은가?"

진성규는 그렇게 말을 하면서 회의실을 훑어보았다. 그의 예상대로 대부분의 군주들은 자신과 비슷한 생각을 하고 있는 것처럼 보였다.

"네 놈이 제법 강하다는 것은 인정해주마. 하지만 혼자서 우리 모두를 상대하겠다는 미친 생각을 하는 건 아니겠지? 아니면 김형식의 지원이라도 기다리고 있나?"

"하하하하……."

강혁준은 너털 웃음을 터뜨렸다. 그는 손으로 눈가를 훔치며 말을 이었다.

"미안. 하도 어이가 없어서 좀 웃었네."

"버르장머리 없는 새끼가!"

말석에 앉아 있던 군주가 소리쳤다. 안하무인마냥 행동하는 강혁준이 마음에 안 들었던 것이다.

"너희 같은 떨거지들을 상대하려고 지원까지 바라겠나? 제발 부탁이니 스스로를 대단한 사람이라고 착각하지 마라. 너희들은 그저 오물 덩어리에 지나지 않아. 더럽긴 하지만 네 놈들 따위는 나 혼자서 처리할 수 있거든."

상대를 한 없이 깔아뭉개는 어투다.

'오물 덩어리?'

'새파란 새끼가 뚫린 입이라고……'

'괴물 사냥꾼? 그저 미친놈에 불과하잖아.'

그의 도발에 회의실 분위기는 급속도로 험악해졌다. 칼부림이 당장 일어나도 이상하지 않다.

군주들은 서로 시선을 교환했다. 조금이라도 틈이 보이면 공격을 가하자는 뜻이다.

상대는 괴물 사냥꾼이다. 다소 비겁하더라도 예상치 못한 기습과 다굴이 필요한 것이다. 다만 강혁준은 벌써 그들의 속셈은 훤히 꿰고 있었지만.

'괜한 일이 되겠지만. 그래도 내 뜻에 대해서는 알려줘야 한다.'

강혁준의 최종 목표는 악마의 멸절인 동시에 인류의 번영이었다. 군주라는 인간들은 쳐다보는 것만으로 강렬한 혐오를 불러일으키지만, 그렇다고 모조리 배제하는 것도 현명하지 못했다.

"너희들에게 해줄 말이 있다."

강혁준은 상대가 듣든 말든 자신의 이야기를 이어나갔다.

"우리가 알던 세계는 모두 끝났다. 대지진이 일어나고 전자기는 모두 종말을 고했지. 그뿐만이 아니다. 갑자기 별에 별 괴물이 나타나서 사람을 간식처럼 씹어 먹고 있어."

"……."

"하지만 이제 곧 닥칠 일에 비하면 그건 애교에 불과하다. 간단하게 말해주지. 이제 곧 지옥에서 악마 군단이 몰려온다. 인류는 힘을 합쳐야 해. 그렇지 않으면 곧 악마 군단에 의해서 인류 자체가 멸종하고 말테니까"

제일 이상적인 것은 인류가 온전히 힘을 합치는 것이다. 오늘처럼 욕심에 절어서 반란을 획책하는 일은 결국 데빌을 이롭게 하는 짓이다.

"말이 길어지는군. 괴물 사냥꾼. 겁이라도 먹은 건가? 이제 와서 그런 말을 해봤자 달라지는 것은 없어."

진성규는 자리에 일어서며 말했다. 괴물 사냥꾼만 처리하면 공동체는 그의 것이나 다름없다. 그가 몸소 김구식을 처리해준 탓에 큰 장애물이 사라진 것이다. 적어도 라이벌을 제거해준 점은 고맙다는 생각이 들었다.

"그래? 나머지도 이 머저리랑 뜻이 같은가?"

마지막 통보다.

예상대로 혁준의 뜻에 동참하는 이는 없는 것처럼 보였다.

바로 그 때.

한량 클랜의 군주, 설류하가 자리에서 일어났다.

"저는 중립할게요. 사람끼리 싸우는 것도 싫지만. 그렇다고 괴물 사냥꾼이랑 뜻을 같이 하기에는 여기 있는 아저씨들이 무섭거든요. 헤헷."

애교 섞인 윙크와 함께 뒤로 물러난다. 이제부터 일어나는 일에 일절 참여하지 않겠다는 의사였다.

'저 년이······.'

진성규의 눈이 작아졌다. 설마 여기까지 와서 얌체처럼

행동할지는 몰랐다.

'하지만 상관없다.'

설류하를 제외하더라도 많은 군주가 자신의 뜻에 동참했다. 이제 남은 것은 실력행사뿐이다.

"넌 너무 오만했어. 이제 그 대가를 치를 시간이다. 괴물 사냥꾼."

군주를 보좌하던 수행원들이 강혁준을 압박한다. 날카로운 무기와 더불어 몇몇은 고유 특성을 발현시키려 했다.

상황은 일촉즉발로 치닫고 있었다.

강혁준은 그런 상황에서도 입가에 미소를 잊지 않았다. 오히려 준비했던 깜짝 파티를 성공적으로 여는 것처럼 목소리가 들떠 있었다.

"너희들에게 한 가지 재미있는 점 알려줄까?"

두두두두두!

조용했던 회의실 안이 소란스러워졌다. 갑작스런 진동에 의해 방 안에 있던 집기가 마구 흔들리기 시작한 것이다.

"잘 기억해봐. 초대장을 보낸 사람은 바로 나지. 그렇다면 하필 왜 이곳을 장소로 삼았을까?"

강혁준의 말이 끝나기도 전에 문이 벌컥 열렸다. 그 각성자는 얼굴이 하얗게 변해서 소리쳤다.

"크… 큰일 났습니다. 아… 악마들이 몰려오고 있어요!"

그의 말은 틀린 것이 아니었다.

데빌 아쥬르카가 지상으로 침공을 개시한 것이다. 그들은 인간의 냄새를 맡고 중고차 매매장을 향해서 일직선으로 진군하고 있었다.

"맙소사……."

"이건 꿈이야."

그들의 개체는 수천에 달하고 있다. 그에 더해 그들이 직접 부리는 데몬까지 더하면 그 수는 곱절로 늘어난다.

회의실 안에 있는 사람들은 대혼란에 빠지고 말았다. 눈앞에는 괴물 사냥꾼이 버티고 있고, 등 뒤로는 수천의 데빌이 치닫고 있다.

사실 지금의 상황은 모두 강혁준이 치밀하게 준비한 것이었다. 그는 전생에서 판데모니엄을 직접 생생하게 겪었다. 따라서 이런 일이 벌어질 것을 미리 예측하고 클랜을 함정에 빠뜨릴 수 있었던 것이다.

"내가 준비한 아수라장이다. 아무쪼록 마음에 들었으면 좋겠군."

✤

삼국지나 초한지를 보면 책사들이 계책을 내놓을 때, 단골메뉴로 나오는 장면이 있다. 바로 상책과 중책, 하책을 만들어 놓고 그 중 하나를 골라 적을 농락하는 장면이다.

강혁준도 그런 비슷한 것을 만들었다.

먼저 하책은 군주들과 연합하는 것이다. 인류의 희망찬 미래를 위해서 두 손 잡고 데빌을 물리치는 것이다.

마치 80년대에나 나올 전대물처럼……

물론 말처럼 되면 더 이상 바랄 것이 없겠지만. 무능하고 자기 보신이 우선인 클랜은 비각성자를 제물로 내주고 도망가기 바쁠 것이다. 그러는 동안 전생처럼 놈들이 뒷통수라도 치지 않으면 참으로 다행이다.

이미 놈들의 행동양식은 안 봐도 비디오인 셈이다.

반면에 중책은 매우 무식한 방법이다.

일단 말 안 듣는 클랜을 찾아가서 각개격파 해버린다. 막강한 무력을 가진 강혁준이라면 그리 어려운 일도 아니다.

다만 그렇게 한다면 후에 몰려드는 데빌을 홀로 상대해야 한다. 악마 잡는데 이골 난 강혁준이라도 아직 아쥬르카 군단을 상대하는 것은 불가능한 일이었다.

결국 무능한 아군과 유능한 적을 동시에 상대해야 할 그에게 남은 선택지는 단 하나뿐이었다.

강혁준이 선택한 상책은 죽어라고 말 안 듣는 클랜들을 데빌 아쥬르카 군단에게 던져주는 것이다. 그리고 강혁준은 그 중간에서 이득을 챙기는 것이다.

"으아아악……."

바로 근처에서 군주 하나가 마계의 쥐떼에 물려서 비명을 지른다. 갑작스런 상황 변화에 적잖이 당황한 모양이다.

"당황하지 마라."

진성규를 중심으로 각성자가 힘을 합친다. 그가 명령을 내리자 정연한 태도로 자그마한 데몬 설치류를 몰아내기 시작했다.

화르륵……

'발화' 각성자가 불을 뿜어낸다. 고약한 냄새가 났지만 효과는 있었다.

각성자들은 살아남기 위해 원을 그리는 형태의 진형을 만들었다. 물론 그 중앙에는 강혁준도 본의 아니게 포함되어 있었다.

"곤란하게 된 모양인데?"

데빌에 맞서 고군분투하고 있는 군주를 향해 이죽거린다. 마치 그 태도가 강 건너 불 구경하는 모습이다.

"으드득……."

절로 이가 갈린다.

이런 사태를 만든 것은 바로 강혁준이었다. 진성규는 마음 같아서 강혁준을 생살을 씹어 먹고 싶지만 도저히 그럴 여유가 없다.

곧 있으면 아쥬르카 본대가 도착하기 때문이다. 그들이

부리는 패밀리어(아쥬르카가 부리는 작은 데몬 설치류)는 맛보기에 불과한 것이다.

"왜? 할 말 있으면 지금 해."

"……."

자존심 때문에 하지 못한 말이 있었다. 몰려드는 데빌에게 대항해서 도움을 요청하고 싶었던 것이다. 하지만 불과 5분전만 하더라도 그를 죽이려고 하지 않았던가?

그렇게 우물쭈물하고 있을 때였다. 본격적인 데빌의 모습이 드러났다.

"카우차! 크랴랴랴!"

인간을 보자 맹렬한 적개심을 표출한다. 그들은 무기를 높이 쳐들면서 괴음을 지른다. 그리고는 앞뒤 생각하지 않고 돌격해버린다.

챙! 챙그랑!

인간과 데빌의 본격적인 전쟁이 시작되었다. 완력이나 신체 조건은 인간이 조금 더 우세했다. 하지만 기세라던가 숫자에서는 아쥬르카의 압승이었다.

"으아악!"

날이 듬성듬성 빠진 조잡한 무기였지만, 그럼에도 상대를 저세상으로 보내기에는 충분하다 못해 넘친다. 각성자 하나가 아쥬르카에 휩싸여서 순식간에 다져진 고기가 되어버린다.

그것은 전장에서 동시다발적으로 일어나고 있었다. 만약 각성자의 고유 특성이 없다면 순식간에 전멸해버리고 말았을 것이다.

"흐아압!"

각성자 하나가 특성을 발휘했다. 푸르스름한 막이 아쥬르카를 밀어낸다. 그러는 동안 다른 각성자가 단창을 들어 올린다.

그가 가진 능력은 '근력 강화'였다. 양 팔의 근육인 일순 부풀어 오른다.

"좌합."

일직선으로 날아가던 단창은 꼬치처럼 3마리의 아쥬르카를 꿰뚫는다.

'제법 버티는데?'

사면초가에 빠진 것치고 선방을 하고 있는 셈이다. 하지만 압도적인 숫자로 인해 전멸은 시간 문제이다.

"크오오오……"

바로 그때.

귀가 떨어져나갈 것 같은 소리가 들렸다. 겉보기에는 기존의 아쥬르카랑 다를 바 없어 보인다. 하지만 체격차이는 확연히 틀렸다.

"저… 저건 뭐야?"

"내가 그걸 어떻게 알아!"

그것과 마주하는 각성자의 입에서 절망에 가득 찬 비명이 흘러나온다. 거대한 공성 병기나 다름없는 거인 아쥬르카는 천천히 방어막을 향해 다가간다.

"크와아아악!"

키가 3m에 육박하는 거인 아쥬르카가 들고 있던 거대한 곤봉을 휘둘렀다. 그것은 푸르스름한 방어막을 단번에 깨뜨려버린다.

파지직!

"미친……."

제일 가까이 있던 각성자 위로 짙은 그림자가 드리운다. 이윽고 거인 아쥬르카의 두 번째 공격이 이어졌다.

퍼버벅!

그저 한 번 휘둘렀을 뿐이다. 하지만 그것에 직격당한 각성자는 사방으로 튕겨져 나갔다. 마치 자동차에 치인 것처럼 말이다.

털썩!

칠공에서 피가 쏟아져 나온다. 굳이 상태를 살펴보지 않아도 그가 죽었다는 것을 알 수 있었다.

"사… 상대가 안 되잖아."

"나는 죽기 싫어."

안 그래도 사기가 밑바닥을 향하고 있었다. 벌써부터 자리를 지키지 않고 도망치려는 자가 있었다. 만일 이대로 진형이 무너지면 순식간에 인간은 전멸한다.

'그건 안 되지.'

강혁준의 목표를 위해서라도 클랜은 좀 더 버텨주어야 한다. 혁준은 예상보다 빠르게 행동을 개시했다.

타다닥!

가벼운 몸놀림이다. 반면에 거인 아쥬르카는 수많은 각성자들에게 가려서 강혁준의 움직임을 눈치 채지 못했다.

"크와아악!"

표효를 지르면서 다음 공격을 가할 찰나였다.

스걱!

발 뒤쪽에서 불에 데인 통증이 느껴졌다. 거인 아쥬르카는 고개를 돌려서 뒤를 바라보았다.

"크륵?"

거기에는 '베로시카'를 든 강혁준이 서 있었다. 거인 아쥬르카는 매우 당황했는데, 나약한 인간의 공격이 자신에게 박혀들 것이라고는 생각지도 못했기 때문이다.

거인 아쥬르카는 돌연변이 개체다. 다만 자연에서 발생하는 돌연변이와는 개념이 많이 달랐는데 데빌은 인위적으로 돌연변이를 만들 수 있었기 때문이다. 그리고 그렇게 강화된 돌연변이는 전쟁에서 큰 활약을 발휘했다.

거인 아쥬르카는 그런 돌연변이 중에서도 많은 자원이 들어간 개체였다. 특히 그 물리 내구성은 엄청난 것인데,

수치로 표현하면 15점에 육박한다.

각성자가 휘두르는 창칼 따위는 단번에 무시할 정도다. 탱크처럼 전장을 누비던 그에게 이런 상처는 손에 꼽을 정도였던 것이다.

"크아아악."

거인 아쥬르카는 곤봉을 뒤늦게 휘둘렀다. 하지만 강혁준은 낮게 자세를 취하는 것만으로 여유 있게 피해버린다.

'빈틈이 너무 많아.'

내구력이나 힘은 거인 쪽이 압도적이다. 하지만 강혁준은 그보다 더 높은 인지력과 민첩을 가지고 있었다.

단번에 앞으로 치고 나간다. 동시에 슬라이딩을 하면서 거인의 다리 사이를 지나가버렸다. 하지만 그 순간에도 그는 아쥬르카에게 선물은 남겼다.

"크어억……."

거인 아쥬르카가 또 다시 구슬픈 비명을 지른다. 아까와 반대쪽인 아킬레스건이 잘려나간 것이다. 미꾸라지 같은 적을 당장이라도 요절내고 싶지만 다가갈 수가 없었다.

아킬레스건이 모두 잘려나간 탓에 기동력이 확연히 줄어들었기 때문이다.

## Part 16 설류하

"크와아아악…."

거인 아쥬르카는 고함을 지른다. 동포들에게 도움을 요청한 것이다. 하지만 강혁준에게 있어서 일반 아쥬르카는 한주먹거리도 되지 않는다.

"크에에엑!"

거침없이 베어 넘기면서 질주한다. 갑작스레 다가오는 강혁준의 존재에 위협을 느낀 거인 아쥬르카는 손바닥으로 그가 있는 곳을 향해 휘둘렀다. 곤봉을 휘두르는 것보다 그것이 더 정확하게 타격이 가능하다는 계산 때문이다.

팡!

적중당하기 직전 그는 급제동을 걸었다. 동시에 아쥬르카의 손바닥 공격은 애꿏은 바닥만 내리쳤다.

'좋았어!'

강혁준은 내려친 팔을 디딤돌 삼아 몸을 띄웠다.

타악!

"크륵?"

강혁준은 들고 있던 '베로시카'를 있는 힘껏 휘둘렀다. 그리고 베로시카의 새하얀 검날은 아쥬르카의 머리통을 절반으로 쪼개버렸다.

푸확!

덩치가 큰 만큼 튀기는 피의 양도 어마어마하다. 강혁준의 옷은 순식간의 피로 얼룩졌다. 강혁준은 박혀든 검을 뽑아내면서 말했다.

"젠장. 또 새 옷을 구해야겠구만."

거대한 적을 쓰러뜨린 것보다 지저분해진 것이 더 마음에 남는 그의 대사였다.

강혁준의 활약으로 급박한 위기는 넘겼다. 거인 아쥬르카가 쓰러지자 각성자들은 경외에 찬 눈으로 그를 바라보았다.

'그걸 잡다니.'

'대… 대단하다. 정말 피와 살로 이루어진 인간이란 말인가?'

이곳에 있던 각성자 중 그 누구도 해내지 못할 일을 태연하게 해버린다. 덕분에 몇몇 각성자들은 그 점을 동경해버렸다.

"물러서지 마! 힘을 합치면 살 수 있다."

군주들은 부하들을 독려했다. 하지만 격려도 잠깐 또 다시 밀리기 시작했다. 시간이 지날수록 사상자의 수는 기하급수적으로 늘어났다.

반면에 강혁준은 느긋했다.

그는 거인 아쥬르카 시체위에 걸터앉아서 싸움을 한가로이 구경하고 있었던 것이다. 비교적 가까이서 전투를 지휘하던 진성규는 그 모습에 부아가 치밀었다.

"괴물 사냥꾼. 지금 뭐하는 짓이냐?"

"쉬고 있는데?"

그의 태도에 기가 막힌 진성규가 반문했다.

"우리가 다 죽으면 네 놈 차례가 올 것이라고 생각하지 않나? 죽고 싶지 않으면 지금 당장 검을 들고 우리를 도와다오."

언뜻 생각해보면 진성규의 말은 틀린 것이 아니다. 하지만 강혁준은 새끼손가락으로 귀를 파면서 대답했다.

"싫어."

"뭐?"

"싫다고. 협상은 이미 결렬이 났잖아. 불과 5분전만 하더라도 나를 치려고 하지 않았던가?"

그건 맞는 말이다. 강압적인 요구를 했지만 혁준은 먼저 손을 내밀었다. 그리고 그것을 거절한 것은 군주들이었다.

"우리야 그렇다 하더라도. 저기 죽어나가는 부하들은? 저들에게는 아무런 죄가 없지 않는가?"

이 순간에도 아쥬르카에게 도살당하고 있는 각성자를 가리키며 소리쳤다.

'또 시작이군.'

똑같은 레퍼토리다. 전생에서도 이런 경우는 수도 없이 겪었다. 무고한 희생자를 들먹이며 강혁준에게 어려운 부탁을 했던 군주들이 떠올랐다.

'오로지 당신만이 우리를 구원할 수 있습니다.'

'수많은 생명이 당신 손에 달려 있습니다.'

음흉한 속내를 숨기고 머리를 숙이던 군주들의 면면이 기억 속에서 지나갔다. 결국 그런 이들이 나중에 앞장서서 강혁준의 등에 칼을 꽂았다.

생각에 잠긴 혁준을 보며 군주들은 착각했다. 잘만 하면 그의 도움을 받을 수 있을 것처럼 보였기 때문이다. 그들은 마음에도 없는 말을 지껄이기 시작했다.

"방금 전의 일은 정말로 유감이다. 우리가 너무 성급한 짓을 했다. 하지만 우리의 선택에 무고한 부하들이 죽는 것은 잘못되었지 않은가?"

"맞아. 일단 서로 힘을 합치자. 위기에만 벗어나게 해준다면 네 말대로 매달 정수 200개씩 바치겠다."

입에 참기름이라도 바른 듯 헛소리가 술술 튀어나온다. 강혁준은 헛웃음이 나오는 것을 억지로 참았다.

'예전처럼 바보짓을 다시 할 수는 없지.'

강혁준의 머릿속에서 좋은 아이디어가 떠올랐다. 그는 자리에서 일어나서 모두가 들을 수 있도록 소리쳤다.

"좋아. 그럼 너희들 지금 당장 자결해라. 그럼 내가 무슨 수를 써서라도 너희 부하놈들 목숨은 챙겨주지."

"뭐?"

"부탁을 하려면 성의를 보여야지. 그리고 따지고 보면 너희들은 나의 적이야. 순진하게 네 말대로 했다가 뒤통수 맞으면 나만 손해 아니냐?"

군주들의 표정은 볼만했다. 순식간에 얼굴이 붉어지고 표정은 일그러졌다.

"어떻게 감히?"

"뚫린 입이라고 마음대로 지껄이지 마라."

"그런 부탁은 당연히 들어줄 수가 없다."

당연한 반응이었다. 하지만 강혁준은 오히려 그것을 노렸다.

"아… 미안. 내가 말하고도 너무 심했다. 그렇지?"

강혁준은 잔인한 미소를 지었다. 군주들은 왠지 모르게 그의 미소에서 불길한 그림자가 느껴졌다.

"다 살자고 하는 짓인데. 그럼 제안을 바꿀게. 어차피 손 한쪽 없어도 사는데 지장 없잖아. 그거 하나씩 잘라내면 열과 성을 다해서 도와주마."

혁준은 자신의 밑에 쓰러진 거인 아쥬르카를 가리키며 말을 이었다.

"방금 내 실력 봤잖아. 그러니까 필요도 없는 그거부터 잘라내."

그의 호언장담덕분일까? 고군분투하던 각성자의 눈길이 자신의 군주로 향했다.

"……."

"……."

군주들은 갑작스러운 부하들의 눈길에 움찔했다. 차마 말은 못 하고 있었지만 그들이 원하는 것은 단순했다.

'일단 사는 것이 중요하니 그까짓 손은 잘라냅시다.'

'우리를 위해서 그런 것도 못해주오?'

원망 섞인 눈초리가 군주들을 괴롭힌다. 14인의 군주들은 그런 눈길을 외면했다. 부하들이 아쥬르카와 사투를 벌이는 와중에도 군주들은 제일 안전한 위치에서 명령만 내리고 있었다. 그런 이들이 자신에게 해가 갈 일을 할 리가 없다.

'등급 높은 치유 능력을 가진 각성자라면 손목쯤은 충분히 재생시킬 수 있지만⋯⋯. 그런 수준의 각성자가 나오려면 아직 시기가 이르지."

"아무도 없군. 너희들의 수준이 그러면 그렇⋯."

강혁준은 이죽거리면서 마무리 말을 하려던 참이다.

푸화아악!

군주들 중 하나가 자신의 손목을 잘라낸 것이다. 눈처럼 흰 섬섬옥수의 손이 툭하고 바닥에 떨어진다. 동시에 엄청난 출혈이 바닥을 붉게 물든다.

"크윽⋯⋯."

그녀의 고운 미색이 찡그러진다.

사실 스스로 손을 단번에 잘라내는 것은 거의 불가능에 가깝다. 하지만 각성자가 되고 난후 근력을 키운 한량 클랜의 군주 설류하는 그것을 해내고 말았다.

"⋯⋯."

그녀는 자신이 걸치고 있던 조끼로 상처를 동여매었다. 갑작스러운 출혈로 안색이 창백해졌지만, 그녀는 어깨를 펴고 당당히 외쳤다.

"당신이 원하는 것이 이거죠?"

잘려진 손목을 들고 외친다. 그 순간 그녀의 클랜원이 소리쳤다.

"누나? 미쳤어요?"

"멍청한 여자야? 내가 성급한 짓하지 말라고 했잖아."

그녀의 클랜원은 대체로 나이가 어려 보였다. 반면에 그들은 끈끈한 무언가로 연결되어 있었다.

설류하는 오히려 자신을 걱정하는 클랜원들에게 농까지 걸었다.

"나 지금 피 봐서 예민하거든? 그리고 내가 선택한 방법이니까! 조용히 따라오기나 해."

그녀는 군주들 중에서 제일 체구가 왜소했다. 그렇지만 오히려 이들 중에서 제일 책임감이 강했던 것이다.

"이런……."

강혁준은 자기도 모르게 씁쓸한 미소를 짓고 말았다. 생각지도 못한 계산 미스가 나버린 것이다.

"좋다. 너희들은 내가 지켜주마."

진짜로 자신의 손을 자를지는 생각지도 못했다. 하지만 강혁준은 이미 내뱉은 말을 철회할 생각은 없었다.

다가오는 아쥬르카 무리를 단번에 몰아냈다. 일반 각성자보다 곱절로 강한 오러와 더불어 뛰어난 칼솜씨는 아쥬르카의 접근을 철저히 차단시켰다.

"총 6명인가?"

강혁준은 한량 클랜의 면면을 살펴보았다. 대부분이 20대 초반이거나 10대들이었다.

'새파랗게 어리군.'

전생의 기억을 합치면 강혁준의 나이는 불혹에 가깝다. 하지만 판데모니엄에서 나이는 그리 중요하지 않다. 육체는 정수에 영향을 받아서 노화가 사라지기 때문이다.

"우리 누나 어떻게 할 거야? 당신이 이렇게 할 자격이 있다고 생각해?"

10대 중반쯤?

설류하의 외모와 비슷한 것이 친동생으로 보였다. 집안 자체 DNA가 우월한 것인지 꽤나 여자들을 울렸을 외모다. 하지만 지금은 누나의 중태에 이성을 잃고 강혁준에게 따져들었다.

"바보야. 그만둬."

설류하는 자신의 동생 설류진의 머리를 뒤에서 꾹 눌렀다. 평소에는 누나의 말을 잘 듣는 동생이지만 이렇게 머리에 피가 쏠리면 경솔한 일을 해버리는 경향이 있었다.

"하하…… 미안해요. 동생이 버릇이 없어서."

"괜찮다."

강혁준은 밀려서 들어오는 아쥬르카를 단번에 베어넘기면서 말했다. 무심한 태도가 류진의 무례를 크게 신경 쓰지 않는 태도다.

통증으로 정신이 혼미한 와중에도 그녀는 자신의 선택이 옳았음을 깨달았다.

'강압적이지만 공명정대하다. 자신이 한 말은 꼭 지키고…… 하지만 무엇보다 엄청난 능력을 가지고 있어. 괴물들이 전혀 그에게 다가올 생각을 못해.'

들어가면 죽는다.

아쥬르카가 강혁준을 바라보면서 하는 공통된 생각이었다. 결국 강혁준 주위로 넓게 원이 생겼다. 그 누구도 그 안으로 들어갈 생각을 못했다.

'클랜원의 목숨에 비하면 내 손목 따위는 버려도 남는 장사이지.'

그 이후로 시간이 속절없이 흘러갔다. 각성자들의 숫자가 거의 반절이나 줄어들었다. 반대로 아쥬르카 역시 많은 수의 사상자를 기록했다.

배수의 진에 몰린 탓에 죽을 힘을 다해서 저항을 했던 결과다. 처음부터 생로가 있었다면 맞서 싸울 생각을 하지 못하고 금세 전멸을 당했을지도 모른다.

그 점에서 아쥬르카는 적어도 전술적인 지식이 부족하다는 점을 드러냈다. 하지만 이제 곧 들이닥칠 사태를 생각하면 그것은 그다지 위로가 되지 못했다.

"응?"

"무슨 일이야?"

이때까지 가열 차게 돌격하던 아쥬르카의 움직임이 멈추었다. 그러더니 거짓말처럼 공세를 뒤로 물리는 것이 아닌가?

"물러서는 것인가?"

"제발…. 더 이상은 버틸 수가 없어."

희망적인 관측까지 나왔다.

반면에 강혁준은 드디어 때가 왔음을 깨달았다.

"아쥬르카. 데하시. 크루아드."

"데하시."

"데하시."

데빌은 알아들을 수 없는 말을 연창하기 시작한다. 그것은 마치 하나의 의식을 진행하는 것 같았다.

쿵! 쿵!

언덕 저편에서 무언가가 다가오고 있었다. 처음에는 그 모습이 작았지만 다가올수록 그 형태는 점점 명확해졌다.

"아……."

각성자들의 입에서 흘러나오는 것은 그저 탄식이었다.

"데하시!"

그것은 왕의 귀환이었다.

아쥬르카는 기쁨의 외침을 연호했다. 데하시는 바로 아쥬르카 우두머리의 이름을 뜻했던 것이다.

데하시의 위용은 바라보는 것만으로 엄청나다. 일단 그의 키는 6m가 넘었다. 돌연변이 아쥬르카보다 곱절로 큰 덩치다. 게다가 그는 혼자가 아니었다.

"크르르르……"

데하시 옆에는 데몬 아크라가 어슬렁거리며 다가오고 있었다. 아쥬르카의 종족 특성은 바로 데몬을 부리는 것이다.

## Part 17 사건의 지평선

   대부분 보잘 것 없는 작은 설치류 데몬을 키우지만, 데하시만한 위치에 올라서면 키우는 데몬도 급이 달라진다.

   "크와아악!"

   데몬 아크라는 인간들을 보고 표효를 질렀다. 아크라의 겉모습은 거대한 불곰의 형태를 닮았다. 하나 다른 점이 있다면 아크라의 등에 솟아난 수십 개의 촉수였다.

   아크라의 육탄 공격도 무시무시하지만, 날카로운 이빨이 달린 촉수는 단번에 적의 살집을 뜯어버린다.

   데하시의 출현은 인간들의 의지를 완전히 꺾어버렸다. 그것은 한량 클랜도 마찬가지였다. 살 수 있을 거라는 희망을 무참히 짓밟힌 것이다.

두두둑!

강혁준은 가볍게 목 운동을 한다. 그러더니 입가에 짙은 미소를 머금고 앞으로 나아갔다.

그것을 지켜보던 설류하가 소리쳤다.

"설마 저것이랑 싸울 생각이세요?"

데하시와 아크라는 인간이 대적할 수 있는 적이 아니었다. 적어도 지금의 인류에게는 말이다. 강혁준의 커다란 대검도 데하시에게 접목하면 장난감 칼에 불과하다.

"물론이다."

"……."

강혁준은 오히려 지금의 상황을 기다리고 있었다. 일반 아쥬르카를 상대로 시간을 벌이다보면 결국 그들의 왕이 튀어나오기 마련이다. 대개 데빌들의 왕은 참을성이 부족하기 때문이다.

"이길 수 있나요?"

떨떠름한 표정으로 설류하가 물었다.

강혁준은 잠시 생각에 잠겼다. 이윽고 그가 입을 열었다.

"대략 9대1 정도?"

그 말에 설류하는 마음을 놓았다. 90%라면 웬만하면 이길 수 있다는 뜻이 아닌가?

"물론 내가 1이다."

"네?!"

상황을 판단하는 눈이 뛰어나다고 자부하던 설류다. 하지만 그런 안목도 강혁준이라는 사람을 가늠하기에는 부족했다.

"그건 자살행위라구요!"

"나도 알아. 하지만 내가 원하는 것을 저 놈이 가지고 있지."

목마르다.

절대적인 강함을 손에 넣기 위해서라면, 강혁준은 무슨 짓이라도 할 준비가 되었다.

'전생에서도 해냈던 일이다. 지금 와서 실패한다면. 나의 염원은 영원히 이루어질 수 없다.'

모험을 하지 않고 강해질만큼 이 세상은 그리 호락호락하지 않다. 오히려 강혁준은 지금 이 순간을 기다리고 있었다.

최선에 최선을 발휘해도 이길 수 있을지 모르는 강력한 적이 바로 눈앞에 있다. 도전해서 강력한 적을 무너뜨리는 것보다 더 큰 희열은 온 세상을 다 뒤져도 찾기 힘들다.

저벅저벅!

강혁준은 홀로 아쥬르카의 우두머리 데하시에게 걸어갔다. 그리고 큰 소리로 외쳤다.

"데하시. 고대의 율법에 따라 너의 권위에 도전하겠다. 내 도전에 맞서서 잔치르바(일기토)를 열겠는가?"

데빌의 사회는 강자존을 따르고 있었다. 무리에서 제일 강한 힘을 가진 자가 왕의 역할을 하는 것이다.

그런 왕이 바뀌기 위해서는 오직 한 가지 방법뿐이다. 2인자가 나서서 왕에게 도전을 하는 것이다.

데빌의 언어로 그것을 잔치르바라고 하며, 그 전투의 방식은 오로지 생사결 뿐이다. 그것에서 살아남은 자만이 무리를 이끄는 왕이 되는 것이다.

"잔치르바? 하등한 인간이 잔치르바를 어떻게 알고 있지?"

데하시가 외쳤다. 분명 처음 듣는 언어이지만 그곳에 있던 인간들은 모두 그 뜻을 알게 되었다. 데하시 정도 되는 악마라면 목소리에 자신의 의지를 싣는 것이 가능해진다. 설사 언어가 통하지 않더라도 그 뜻을 알게 되는 것이다.

"그게 그리 중요한가? 혼자서 나서기 두렵다면 부하들부터 보내라. 얼마든지 다 썰어주마."

광오한 대사였다.

혼자서도 군단을 상대할 수 있다는 자신감을 표출한 것이다.

"크크크… 하하하하하!"

데하시는 크게 웃었다.

그가 왕이 된 후, 200년 동안 그 어떤 도전도 받지 못했다.

워낙 강대한 존재였기에 도전자들이 미리 포기해버린 탓이다.

"좋다. 필멸자여. 이젠 기억도 가물거리지만 그 의식을 다시 되살려보자꾸나."

데하시가 도전을 받아들였다. 만약 이곳에서 데하시가 진다면 나머지 아쥬르카는 겁을 먹고 뿔뿔이 흩어질 것이다.

'훗. 그런 일은 없겠지만.'

일단 체격차이부터 압도적이다. 강혁준의 키는 데하시의 허리에도 못 미치고 있었기 때문이다. 게다가 데하시를 따르는 데몬 아크라가 있었다.

강혁준은 악마 두 마리를 상대해야 하는 것이다.

스르릉…….

강혁준은 등에 매고 있던 벨로시카를 꺼내었다. 분명 불리한 조건임에도 강혁준은 망설이지 않았다.

"크허어엉……."

먼저 전투를 개시한 것은 데몬 아크라였다. 반면에 데하시는 뒤에서 지켜보고만 있었다. 강혁준의 능력을 관찰하려는 것이 분명하다.

'기회다.'

강혁준은 입가에 미소를 지었다. 처음부터 같이 협공을 했다면 훨씬 위험했을 것이다.

'아드레날린 러쉬!'

심장이 급속도로 뛰기 시작한다. 동시에 천천히 시간이 흘러간다.

"크와아악……."

아크라가 거대한 입을 쩌억 벌린다. 그대로 물어뜯을 작정이다.

콰직!

강철 같은 이빨이 닫힌다. 다만 입 안에서 아무것도 느껴지지 않았다.

"큉?"

아크라는 고개를 위로 들어올렸다. 물리기 직전 강혁준은 제자리에서 점프를 한 것이다.

촤자작!

아크라의 공격은 육탄 공격만이 있는 것이 아니다. 등 뒤에서 돋아난 촉수가 쇠뇌처럼 강혁준에게 날아간다.

"아… 안 돼."

뒤에서 그것을 지켜보던 설류하가 외쳤다. 공중에서 그것을 피하는 것은 절대 불가능하게 보였던 것이다.

이대로라면 촉수에 의해 난자당할 것이 뻔해보였다. 하지만 강혁준은 그 순간 회심의 미소를 지었다.

'벨로시카여. 분화(세포가 증식 성장하여 구조나 기능이 특수화되는 현상)하라!'

그의 양손검이 빛을 발한다. 동시에 그것은 꾸물거리더니 두 개로 나뉘어졌다. 이윽고 그것은 두 자루의 날카로운 장검으로 바뀌었다. 벨로시카의 숨겨진 능력을 개화시킨 것이다.

"차하압!"

강혁준은 아래로 하강하면서 검을 사방팔방으로 교차시켰다. 그저 한 자루의 대검이라면 그 촉수를 모두 쳐내는 것이 불가능했을 것이다. 하지만 변화된 쌍수검은 불리한 당면을 역전시켰다.

파바바박!

아크라의 촉수는 강혁준이라는 분쇄기에 의해 토막토막 잘려나가기 시작했다.

"크르릉!"

촘촘하게 이어지는 연격에 날아드는 촉수들은 모두 다져진 고기가 되었다. 하지만 강혁준은 그것으로 그만둘 생각이 없었다.

푸욱!

아크라의 골통 깊숙이 쑤셔지는 두 자루의 장검!

"안 돼!"

뒤에서 지켜보던 데하시가 소리친다. 하지만 강혁준은 단호한 목소리로 외쳤다.

"이미 늦었어!"

드르륵······.

강혁준은 머리통을 통조림을 따듯이 도려내버렸다.

파각!

"크허어엉!"

끔찍한 고통에 아크라는 한바탕 몸부림을 친다. 데하시 또한 자신의 애완악마를 구하기 위해 달려왔지만 이미 강혁준은 마지막 일격을 가한 후였다.

푸확!

강혁준의 왼손이 아크라의 뇌를 크게 뒤집어 놓는다. 질척거리는 뇌수가 사방을 튀었지만 그는 개의치 않았다.

"크허어엉······."

아크라는 구슬픈 비명을 마지막으로 바닥으로 쓰러졌다. 반면에 강혁준의 왼손에는 커다란 정수가 들려져 있었다.

아크라의 정수를 단번에 제거함으로서 되돌릴 수 없는 치명타를 안겨준 것이다.

"아크라여······."

그가 아끼던 데몬이었다. 고작 인간하나에게 이렇게 허무하게 당할 것이라고 꿈에도 생각하지 못했다.

'운이 좋았어.'

만약 데하시와 아크라가 동시에 들어왔다면 훨씬 일이

어려워졌을 것이다.

"너를 얕본 점을 사과하지."

애완 악마의 죽음의 충격도 잠시, 데하시는 새로운 시선으로 강혁준을 바라보았다. 아크라를 잡은 것은 좋지만, 그것이 데하시의 투쟁본능을 일깨워버린 모양이다.

쿵!

데하시는 한 자루의 도끼를 꺼내어 자루 부분을 땅에 찍었다. 문제가 있다면 그 도끼 크기만 하더라도 강혁준의 몸집보다 훨씬 크다는 점이다.

뿐만 아니라 그 도끼에는 순도 높은 악의 정수가 스며들어 있었다. 그 증거로 도끼날 중앙에는 핏발 선 괴물의 눈이 달려있었다.

"후읍!"

거대한 도끼를 들어 올리고 심호흡을 한다. 강혁준의 본능에서 위험신호가 떠오른다.

'피하기 어렵다!'

데하시는 그 커다란 도끼를 통째로 집어던질 생각이었다. 강혁준의 기억대로라면 데하시의 도끼에는 투척할시 상대를 추적하는 특수 능력이 달려 있었다.

'지금 당장 흡수한다.'

강혁준은 아크라의 정수를 빨아들였다. 데하시를 상대하기 위해서는 작은 변수라도 이용해야 했다.

-아크라의 정수에게서 스킬 '아크라의 촉수'를 습득하였습니다.

-아크라의 촉수(B등급)(액티브)(소모비용:3) : 촉수 한 가닥을 소환합니다. 아크라의 촉수는 길이 30m까지 늘어나며 높은 신축성을 지니고 있습니다. 다양한 용도로 사용이 가능합니다. 마력을 사용하는 코스트 스킬입니다.

'이거다.'

강혁준은 곧바로 '아크라의 촉수'를 활성화시켰다.

차라락!

시커먼 촉수 하나가 강혁준의 손바닥에서 튀어나왔다. 그리고 그것은 20m정도 떨어진 전봇대를 휘감았다.

부우웅!

바로 그때 데하시가 도끼를 투척했다. 격렬하게 회전하는 그것은 강혁준을 단번에 집어삼킬 것처럼 보였다.

파바박!

그것에 삼켜지기 직전 촉수가 수축을 시작했다. 튕겨나가듯이 강혁준은 그 자리에서 빠져나왔다. 순간적으로 도끼가 강혁준을 따라 움직였지만, 촉수의 힘으로 위기를 모면할 수 있었다.

콰드드득!

도끼가 지나간 자리는 그대로 쑥대밭이 되었다.

부우우웅!

커다란 도끼는 부메랑처럼 주인에게 돌아왔다.

'역시 대단하군.'

강혁준은 자신 대신 박살이 난 자동차를 보면서 생각했다. 회귀를 한 후 상대한 어느 악마보다 그 능력이 막강했다. 게임으로 따지면 느닷없이 중간 보스가 나타난 격이랄까?

제대로 정신이 박힌 사람이라면 곧바로 줄행랑을 치는 것이 옳다. 하지만 강혁준은 상대의 엄청난 위력을 보면 볼수록 더욱 몸이 달아올랐다.

'네 놈의 내장을 찢고 죽여주마. 덩치가 큰 만큼 정수도 크겠지?'

강혁준은 벨로시카를 분화시켜서 하나로 합쳤다. 대형 악마를 상대로는 대검의 형태가 더욱 어울린다.

타다닥!

벨로시카를 짊어지고 달려가는 강혁준의 모습은 너무 무모해보였다. 마치 거대한 풍차를 향해 돌격하는 돈키호테를 보는듯했다.

"저 자는 미친 것인가?"

멀리서 지켜보던 군주들은 침을 삼켰다. 사실 그들이 살아남기 위해서는 강혁준이 데하시를 쓰러뜨리는 방법 이외에는 없다.

그들은 자신을 함정에 빠뜨린 강혁준을 증오하면서 동시

에 전투에서 승리하기를 염원했다. 모순적인 자가당착에 빠졌지만 딱히 다른 방법이 있는 것이 아니다.

"오라!"

데하시 역시 거침없이 달려오는 강혁준을 격렬하게 환영했다. 자신 역시 피가 끓어오르기 때문이다.

부우웅!

8척의 도끼가 강혁준을 향해 내려친다. 동시에 도끼에 기생한 괴물의 눈이 꿈틀거린다. 빗나가려는 공격을 조정한 것이다. 도끼날은 어느새 강혁준의 지척까지 도달했다.

'이건 적중한다.'

데하시는 마음속으로 외쳤다. 반면에 데하시의 마음이라도 읽는 듯이 그가 반문했다.

'과연 그럴까?'

강혁준은 아드레날린 러쉬를 발휘한다.

쏴아아아!

극한의 인지력이 발휘되자 시간이 극도로 느려진다. 머리가 지끈한 것이 바로 몸에 데미지가 쌓인다.

'이걸로 부족해. 한계를 부숴야 한다.'

안전장치는 예전에 날려버렸다. 인지력은 멈추지 않고 치솟기 시작했고 덕분에 새로운 경지에 도달할 수 있었다.

─인지력이 500을 초과합니다. 사건의 지평선(event horizon)에 도달합니다.

멈추었다.

그 순간 시간 자체가 멈추어 버린 것이다.

멀리서 입을 벌리고 바라보던 각성자들도.

데하시의 승리를 염원하던 아쥬르카들도.

그리고 그에게 죽음을 선고하던 데하시까지!

전장에 있는 수천 명의 존재 중에서 오로지 강혁준만이 깨어 있었다.

분명 0.01초 이후 강혁준의 미래는 조각난 육편이다. 하지만 사건의 지평선을 달성한 지금, 그에게 기회가 찾아왔다.

강혁준은 위기의 순간을 모면하기 위해 몸을 비틀기 시작했다. 그것에게서 조금이라도 떨어지기 위해서 말이다.

'조… 조그만… 조금만 더!'

이벤트 호라이즌을 달성하더라도 자유롭게 움직일 수 있는 것은 아니다. 육체는 여전히 공간에 속박되어 있는 상태이기 때문이다.

-이벤트 호라이즌이 종료됩니다.

멈추었던 시공간이 다시 되돌아왔다.

쿠콰쾅!

엄청난 굉음과 함께 도끼가 지면에 박혀들었다. 동시에 자욱한 먼지가 시야를 가린다.

숨죽은 듯이 모두의 시선이 그곳을 향했다. 먼지가 걷히자 드러난 것은 모두의 상상을 초월한 것이었다.

## Part 18 무너뜨리다

　도끼는 땅속 깊숙이 박혀 있었다. 반면에 강혁준은 멀쩡한 모습으로 서 있었다.

　'그것을 피해?'

　직접 눈을 보고도 믿을 수가 없었다. 물리적으로 불가능한 현상이었기 때문이다. 차라리 가까스로 빗나가면 이해할 것이다.

　강혁준은 마치 버퍼링이라도 걸린 것처럼 순간이동 해버렸기 때문이다. 중간부분은 생략한 것처럼 말이다.

　'우욱……. 슬슬 올라오는군.'

　반면에 강혁준 역시 그리 좋은 상황은 아니었다. 아드레날린 러쉬를 극한까지 끌어올렸다. 무적의 기술이지만,

그 부작용도 만만치 않았다.

머리가 터질 것 같은 고통과 동시에 내부 장기가 곤죽이 되는 느낌이다. 이대로 리타이어하고 싶은 마음이 들었지만, 강혁준은 참아내었다.

고지가 바로 눈앞이었기 때문이다.

"네 놈을 위한 선물이다."

강혁준은 허리춤에 감춰주었던 물건을 꺼내었다. 그것은 바로 양서류 악마 탈라드의 위액이 담긴 주머니였다.

'이걸 위해서 무모하게 정면으로 들어갔지.'

강혁준이 준비한 비밀 무기는 놀랍게도 데하시를 향한 것이 아니었다. 위액이 담긴 주머니의 타겟은 바로 데하시의 무기였다.

파시시시식…….

탈라드의 위액은 도끼에 달라붙은 괴물의 눈에 적중했다. 녹색의 위액은 하얀 수증기를 내뿜으며 타들어갔다.

키이이익!

데하시의 무구는 마치 생명체처럼 울부짖는다. 괴물의 눈은 시커멓게 변색되고 쪼그라들었다.

'되었다. 고비를 넘겼어.'

강혁준에게 있어서 최대의 적은 바로 도끼의 특수 능력이었다. 데하시가 가지는 근력은 이미 차고 넘친다. 그에게 부족한 점은 무기의 정확도였다. 그런 부족한 점을 도끼의 특수 능력이 해결해주었던 것이다.

"교활한 놈이로군."

마찬가지로 데하시 역시 상대의 노림수에 기가 질렸다.

'저 자는 분명 처음 보는 자다. 헌데 어찌하여 나의 약점을 파악하는 것이지?'

아크라의 정수를 단번에 뽑아낸 것부터 시작해서 보구나 다름없는 자신의 애병을 그저 쇳덩어리로 만들어버렸다.

처음에는 그저 상대가 호기롭다고 생각했다. 하지만 지금은 달랐다. 스스로 준비된 덫에 차근차근 걸어가고 있는 기분이지 않는가?

"왜? 설마 나에게 쫄은 거냐?"

강혁준의 일갈에 데하시는 자신의 추태를 깨달았다. 그는 자신도 모르게 한 발자국 뒤로 물러난 상태였다.

"네 놈!"

평소라면 수준 낮은 도발에 넘어가지 않는다. 강자의 위치에 있었던 그였기에 늘 여유가 넘쳤기 때문이다. 하지만 지금의 데하시는 더 이상의 침착함을 찾을 수가 없었다.

'설마? 아니다. 내가 질 리가 없다.'

데하시는 두려움을 느끼고 있었다. 자신이 죽을지도 모른다는 기분을 난생처음 맛보고 있었던 것이다.

"자 슬슬 잔치르바의 피날레를 완성해볼까?"

강혁준은 검을 일직선으로 세워서 데하시를 가리켰다.

"크르르……"

데하시 역시 도끼를 들어올렸다. 이제 그 도끼는 그저 쇳덩이에 불과하지만 그의 무지막지한 체격과 힘은 어디 도망가지 않는다.

이번에는 데하시가 달려들었다. 그는 화난 코뿔소처럼 맹렬하게 돌진했다. 육중한 덩치를 이용해서 적을 무참하게 깔아버릴 작정이었다.

같은 타이밍에 강혁준은 촉수를 쏘아 올렸다. 그것은 공격의 용도가 아니었다.

촤라락!

그것은 맞은편에 있었던 건물 벽면에 박혀들었다.

휘익!

데하시와 부딪히기 직전 강혁준은 공중을 격하고 날아오른다. 아크라의 촉수는 그에게 가공할만한 기동력을 부여했다.

강동혁은 마치 도그 파이트를 벌이는 전투기처럼 3차원 기동이 가능해진 것이다.

타다닥!

여유있게 돌진을 피한 강혁준은 벽면을 평지처럼 뛰어올랐다.

콰쾅!

데하시는 타겟을 놓쳐버리고 그대로 건물 벽과 충돌했다.

벽돌로 이루어진 것이지만 데하시 앞에서는 스티로폼보다 못했다.

멀쩡했던 집 하나가 통째로 무너져버린 것이다.

'휘유~ 역시 무식하기 그지없군.'

강혁준은 뛰어난 인지력을 통해 적의 공격을 예측한다. 하지만 그것은 아슬아슬한 줄 타기나 마찬가지였다.

단 한 번의 실수라도 범하면 한방에 즉사시킬 수 있는 힘이 데하시에게는 있었다.

콰드득!

무너진 벽 사이로 다시 데하시의 모습이 드러난다. 강혁준은 공중에서 그를 향해 뛰쳐 들어갔다. 그 모습이 마치 먹이를 노리는 솔개처럼 재빨랐다.

푸확!

데하시가 반응하기 전에 강혁준은 이미 그를 지나친 후였다. 그리고 그 짧은 사이에 강혁준은 그에게 한 줄기의 상처를 만들어주었다.

"크극……."

가슴팍에 새겨진 검상이 선명하다. 상처사이로 피가 새어나온다. 하지만 데하시는 아무렇지 않은 듯 소리쳤다.

"하! 간지럽기만 하구나."

그건 허세가 아니었다. 있는 힘껏 내지른 공격이었지만 데하시에게는 경상도 아니었다. 강혁준 역시 그 점을 뼈저리게 깨닫고 있었다.

'만만치 않을 거라는 것은 이미 예상했어.'

이대로 물러나는 것은 있을 수 없다.

"그럼 사양하지 않고 마음껏 간지럽혀주지."

강혁준의 세찬 공격이 이어졌다.

퍼억!

다리 사이를 오가며 허벅지며 종아리를 베어 넘겼다.

촤하악!

피가 바닥을 적신다. 반면에 데하시의 반격도 만만치 않다.

쾅!

도끼가 바닥을 때린다. 그 진동에 강혁준은 그 자리에서 넘어질 뻔했다. 가까스로 균형을 잡는데 이번에는 거대한 손바닥이 내려친다. 그대로 눌러 죽일 심산이었다.

팡!

백덤블링으로 공격범위에서 벗어난다. 동시에 손목부분을 가볍게 그어버린다.

"크핫⋯⋯."

무자비한 통증이 그를 괴롭힌다. 시간이 갈수록 데하시는 혈인(血人)이 되어가고 있었다. 출혈로 인해 그의 발밑은 작은 내천이 생성될 지경이었다.

"헉⋯⋯ 헉⋯⋯."

반면에 강혁준 역시 상태가 좋지 못했다. 이벤트 호라이즌을 발동하면서 만만치 않은 내상을 입은 상태였다.

그것과 더불어 오랜 시간 쉬지 않고 아드레날린 러쉬를 발동 중이다. 이미 육체의 한계를 뛰어 넘은 상태다.

'괴롭다.'

혈투를 벌이는 두 명의 생각은 동일했다. 하지만 물러서자는 답안은 처음부터 존재하지 않았다.

"응?"

뜨듯한 무언가가 인중에서 느껴진다. 강혁준은 손으로 그것을 훔쳐보았다.

그것은 붉은 피였다. 육체가 보내는 경고가 코피로 표출된 것이다.

'더 이상 시간을 끌면 불리한 것은 나다.'

여기까지와서 쓰러질 수는 없다. 강혁준은 마지막 모험을 감행하기로 결정했다.

타다닥!

강혁준은 지친 데하시를 향해서 달려들었다.

콰쾅!

발을 들어서 내려찍는 데하시.

다만 이미 그 공격에 대해서는 계산을 마친 후다. 옆으로 빗겨서면서 촉수를 발사한다. 그것은 거인의 옷에 착하고 달라붙었다.

타다닥!

데하시라는 거대한 산을 평지처럼 뛰어오른다. 반면에 데하시는 자신의 몸에 달라붙은 벼룩을 털어내기 위해서 몸부림을 쳤다.

'큭…'

엄청난 반동이었다. 촉수가 가지는 신축성이 없었다면 팔 자체가 쑥하고 뽑혀나갔을 것이다. 가까스로 버틴 탓에 강혁준에게 절호의 기회가 찾아왔다.

데하시의 몸집은 매우 컸지만 그 덕에 시야가 미치지 않는 장소가 있었다. 그리고 그 장소는 바로 그의 이마 위였다.

"헉."

이상한 이질감에 데하시는 불길한 감정을 느꼈다.

'벨로시카여 분화하라!'

양손검은 그의 명령에 따라 두 자루의 검이 되었다. 동시에 강혁준은 마력을 모두 태워서 크래그의 독을 검에게 주입했다.

'사요나라 베이비!'

푸확!

두 자루의 검이 양쪽 눈에 박혀들었다. 강대한 육체를 가졌지만 그에게도 약점은 분명 존재했다. 검이 박혀든 것도 문제인데 게다가 마비독까지 침투했다.

"크아아악!"

강혁준은 재빨리 그곳에서 탈출했다. 몸부림치는 거인 곁에 있다가 운 나쁘게 밟힐 수도 있었기 때문이다.

"내… 눈! 내 누우우우눈!"

데하시는 몰락하고 있었다. 강혁준에게 있어서 눈 먼 거인은 더 이상 위협이 되지 못했다.

"저리 가! 제발 나에게 오지 마!"

데하시는 더 이상 강자가 아니었다. 두 눈을 잃어버리면서 약자가 되어버린 것이다. 데하시는 뒷걸음치다가 균형을 잃고 뒤로 넘어졌다. 엉거주춤한 태도로 손을 이리저리 휘둘러보지만 그것으로 강혁준을 잡을 수 없다.

그동안 강혁준은 자리에 앉아서 휴식을 취했다. 아드레날린 러쉬를 중단하자 코피가 멎는다.

'휴…… 위험했다.'

눈 먼 거인을 상대로 아드레날린 러쉬를 사용할 필요는 없다. 강혁준은 느긋한 태도로 데하시에게 다가갔다.

"나…를 죽일 건인가?"

"그래. 특별히 능지처사해줄 생각이지."

중국 요나라 때에 시작된 형벌로서 능지처사란 것이 있다. 죄인을 잡아놓고 죽을 때까지 살을 뼈에서 발라내는 형벌인데, 천천히 고통스럽게 죽인다는 의미로 매우 잔인한 처형방식이었다.

"오… 오지 마라. 제발……."

데하시라고 능지처사가 무엇인지 알 리는 없다. 다만 강혁준의 목소리에서 느껴지는 분노와 악의가 그를 공포로 몰아넣고 있었다.

"할 수만 있다면 자결하는 것이 좋을 거다. 데하시."

그의 진정 어린 충고였다.

데하시를 마무리하는데 제법 시간이 걸렸다. 발버둥치는 거인의 살을 정성스럽게 발라주었기 때문이다.

'키르륵…….'

'데하시. 졌다. 그는. 겁쟁이다.'

'우리도. 죽는다. 가죽. 벗겨진다.'

광기의 처형식은 아쥬르카에게 극도의 공포를 선사했다. 데하시는 거의 신처럼 군림했다. 그런 이가 인간에 의해 처절한 최후를 맞이하고 있었던 것이다.

"키르르륵……."

아쥬르카들 중 하나가 슬그머니 뒤로 빠지기 시작한다. 처음은 그리 티가 나지 않았다. 하지만 도망가는 행렬은 점점 기하급수적으로 불어나기 시작했다.

"……."

"……."

바글대던 아쥬르카는 곧 개미새끼 하나 보이지 않게 되었다. 반면에 강혁준은 처음부터 그들을 신경쓰지 않았다.

그의 관심은 온전히 데하시에게 집중되어 있었기 때문이다.

"끄으억……."

헐떡거리는 데하시는 구슬픈 울음을 마지막으로 결국 세상을 하직하고 말았다.

"후우……."

강혁준의 손에는 오색찬란한 정수가 들려있었다. 회귀 전 데하시를 잡기 위해 많은 수의 각성자가 도전했었다.

결국 데하시를 잡는 것에 성공했지만 그 동안 1000명 이상의 각성자가 죽임을 당했다. 예전의 자신과 비교하면 괄목할만한 성장세였다.

데하시의 정수는 한줄기의 연기가 되어 그에게 흡수되었다.

-데하시의 정수에게서 모든 스텟 +10(총 70)점을 얻습니다.

-데하시의 정수에게서 스킬 '마수의 지배자'를 습득했습니다.

[강혁준]

총합 : C -> B등급

능력치

근력: 37

체력: 41

인지력: 67

민첩성: 51

마력: 18

물리 내성: 18

마법 내성: 15

추가된 스킬

마수의 지배자(A등급)(패시브): 굴복시킨 데몬을 수하로 부립니다. 단 부릴 수 있는 숫자는 한 마리로 제한됩니다.

역시 데빌의 왕답게 그 보상도 엄청났다. 정수 하나 흡수한 것으로 등급이 상향이 될 정도니 말이다.

새로·얻은 스킬도 유용했다. '마수의 지배자'는 전투에도 큰 도움이 되지만 새로운 탈 것이라는 점에서 의미가 크다.

전자기의 종말로 인해 기존의 이동수단은 모두 먹통이되고 말았다. 만약 비룡 한 마리라도 굴복 시킬 수 있다면경비행기가 하나 생기는 것과 다름없다.

"후우……."

정수를 흡수하면서 체력이 늘어난 탓에 그만큼 활력이 몸에 깃든다. 컨디션 100%는 아니지만 아직 여유는 넘친다.

'아직 마무리해야 할 일이 남아있지.'

제일 위협적인 데빌의 준동을 막았다. 하지만 아직 청산해야 할 일이 남아있었다. 바로 자신을 대적했던 클랜과 말이다.

그는 피 묻은 벨로시카를 허공에 털어냈다. 거인의 피는 찐득하고 냄새가 고약했다.

강혁준은 얼굴을 찡그리면서 뒤를 돌아보았다.

"헉······."

반면에 군주들은 차마 그 시선을 피하기 바쁘다. 불과 1시간 전만하더라도 그를 죽이기 위해 힘을 합치려고 하지 않았던가?

'빌어먹을. 어떻게 하지?'

'설마 우리들도 저렇게 처형하는 건 아니겠지?'

'무조건 빌어야 한다. 살아남기 위해서라면!'

강혁준과 대적한다는 생각은 이미 오래전에 버렸다. 6미터가 넘는 거인을 때려잡은 인간이다. 지금은 그 정수까지 흡수했으니 전보다 훨씬 강해졌으리라.

군주들 중 한 명이 종종걸음으로 그에게 다가간다. 허리를 숙이고 비굴한 표정을 짓는 그의 모습은 한 마리의 똥개를 연상시켰다.

"이보시게. 아까 있었던 일은······. 오해일세. 나는 그런 발칙한 생각 따위는 꿈도 꾸지 않았어."

군주 중 하나가 굽신거리면서 변명을 늘어놓는다. 그것에 자극이라도 받은 모양인지 다른 자가 말을 덧붙인다.

"정수 200개뿐만 아니라 얻는 정수는 모조리 바치겠습니다요. 그러니 제발 목숨만은……."

아예 무릎까지 꿇고 구걸한다. 그럴수록 강혁준의 시선은 더욱 차가워졌지만 말이다. 눈치가 빠른 군주 하나가 진성규를 가리키면서 소리쳤다.

"저 자입니다. 저 자가 우릴 속였다구요. 제 클랜은 다 합쳐도 10명도 안 됩니다. 진성규가 시키면 시키는 대로 따를 수밖에 없었어요."

"맞습니다. 저희들은 그저 시킨 대로 했을 뿐입니다."

일이 교묘하게 흘러간다. 스스로 살아남기 위해 대신 희생자를 찾아낸 것이다.

'이 빌어먹을 놈들이…….'

진성규는 이러지도 저러지도 못하고 있었다. 패배한 개처럼 강혁준에게 꼬리를 흔드는 것은 죽기보다 싫었다. 그래서 가만히 있는데 다른 군주가 그를 제물로 삼는 것이 아닌가?

"헛소리 하지 마라. 네 놈들이 무슨 세 살배기 어린애들이냐? 그런 하찮은 거짓말이 통할 것 같아?"

진성규는 이를 바득 갈면서 소리쳤다.

"저것 보십시오. 놈의 본색이 드러나지 않았습니까?"

강혁준은 한심한 눈으로 그들을 쳐다보았다. 진성규의 말대로 이놈들은 세 살배기 애들보다 못한 작자들이다.

"저리 꺼져."

강혁준은 발을 들어서 군주의 엉덩이들을 강하게 차주었다.

"컥!"

강혁준은 비굴한 놈들의 얼굴조차 보기 싫었다. 이런 놈들과 말을 섞는 것 자체가 자신의 격을 떨어뜨리는 것이었다.

"이제부터 한 마디라도 꺼내는 놈은 이걸로 친히 목을 따주마."

강혁준은 벨로시카를 가리키며 말했다.

꿀꺽.

순식간에 침묵이 그 공간을 차지했다. 진성규 역시 불만이 가득 차 있는 상태였지만 입을 다물었다. 그에게 있어서 강혁준은 더 이상 쳐다볼 나무가 아니었다.

"난 이미 너희들에게 기회를 주었다. 그걸 발로 차버린 것은 너희들이었고."

"……."

"원래라면 너희들을 다 처죽여야겠지만."

강혁준은 잠시 주변을 둘러보았다. 군주를 비롯해서 살아남은 각성자의 숫자는 대략 150명 정도다. 아쥬르카의 침공으로 인해 절반이 이승을 하직한 것이다.

'이 정도면 충분하다.'

이미 많은 자들이 죽었다. 강혁준이 원한다면 이곳에 서 있는 자를 말끔히 청소할 수 있었다. 하지만 강혁준은 피에 미친 살인귀가 아니었다.

"한 번 참도록 하겠다. 김형식 휘하에 들어간다는 조건으로 이곳에 있는 각성자들은 모두 받아준다. 단 너희 14명의 군주들은 모두 공동체에서 추방하겠다."

그것은 군주들에게 있어서 청천벽력 같은 소리였다. EE-마트는 근방에서 유일한 안전지대다. 그곳에서 쫓겨난다는 것은 생존 가능성이 밑바닥으로 치닫는 것과 동일한 뜻이었다.

"자… 잠시만요? 우리 보고 죽으란……."

군주 한 명이 참지 못하고 소리쳤다. 하지만 그는 끝내 말을 잊지 못했다.

스겅!

강혁준의 벨로시카가 그의 목을 단번에 참해버렸기 때문이다.

데굴데굴…….

워낙에 순식간에 일어난 일 때문일까? 목이 잘린 그는 입을 뻐끔거린다. 하지만 아무도 그가 마지막에 뱉은 말을 들은 자는 없었다.

"내가 분명 경고하지 않았던가? 입 터는 새끼는 뒈진다고!"

군주들은 두 손으로 자신의 입을 막았다. 혹시라도 비명이 입 밖으로 나올까봐 두려웠던 것이다.

척!

새하얀 대검이 먼 곳을 가리킨다. 남은 이들은 그것이 무엇을 의미하는지 알았다. 명백한 축객령이었다.

더 이상 자비를 구한다고 상황이 바뀔 것 같지는 않았다. 살아남은 13인의 군주들은 고개를 떨구고 사라져야 했다.

그들 중 과연 몇 명이나 살아남을까? 강혁준은 그들 중 태반이 오늘 밤을 넘기지 못할 것이라고 예상했다. 이곳 주변에는 도망간 아쥬르카 잔당이 산재해있었기 때문이다.

'흥. 내가 걱정할 문제는 아니지.'

강혁준은 이미 그들에 관한 신경을 완전히 꺼버렸다. 그는 시선을 돌려서 유일하게 남은 군주를 바라보았다.

"괜찮은가?"

"아뇨. 아파 죽겠어요."

파리한 안색을 한 설류하가 대답했다. 하지만 그녀는 지금의 상황을 만족하고 있었다.

'평생 장애인으로 살겠지만, 덕분에 내 사람들을 구할 수 있었어.'

현대의 문명이라면 지금 당장 병원으로 가서 복원 수술을 할 수 있을 것이다. 하지만 판데모니엄이 시작된 지금 그것은 요원한 일이 되고 말았다.

반면에 강혁준은 이채가 섞인 눈으로 그녀를 바라보았다. 전생에서도 이런 자들을 몇 번 만났었다.

'이타적이면서 어리석은 자들.'

개인의 이득을 취할 수 있음에도 기꺼이 그것을 내려놓는다. 아름다운 미덕인 것과 동시에 숭고한 행위이다. 다만 그것은 어리석은 일이었는데, 생존 자체가 목적인 된 지금 남을 챙겨주다가는 목숨이 100개라도 부족하다.

'좋은 사람일수록 수명이 짧지.'

그러던 중 그녀의 동생이 누나의 앞을 막는다. 그리고 도전적인 눈빛으로 강혁준을 올려다본다.

"하고 싶은 말이라도 있나?"

설류진은 주먹을 쥐었다. 어찌나 세게 쥐었는지 손톱이 파고들어 피가 새어나왔다. 하지만 이내 마음을 다잡았다.

'누나를 이대로 놔둘 수 없어.'

설류하는 자신의 동생을 말리려고 했다. 강혁준은 이곳에서 절대자나 다름없다. 그의 심기를 상하게 해봤자 좋을 일은 전혀 없었다. 하지만 설류진의 행동이 더 빨랐다

"부탁드립니다. 누나의 손을 되찾아주세요."

설류진은 무릎을 꿇고 말했다.

"내가 왜 그렇게 해야 하지?"

혁준은 그렇게 되물었다. 반면에 류진은 동아줄을 붙잡은 기분이었다. 강혁준은 불가능하다고 말을 하지 않았다. 굳이 그렇게 할 필요성이 있냐고 되물었다. 그 말인 즉 설류하의 손을 다시 되찾을 방법이 있다는 뜻이기도 했다.

그는 막힘없이 소리쳤다.

"시키는 일은 무엇이든지 할게요. 아무리 위험한 일이라도 군말 없이 할 테니까!"

더 놀라운 것은 다른 이의 합세였다. 한량 클랜의 나머지 인원도 강혁준 앞에 무릎을 꿇었다. 그들은 진지한 표정으로 말했다.

"제발 부탁드립니다. 도와주십시오. 대신 어떤 일이든지 시켜만 주신다면 성심성의껏 하겠습니다."

총 7명의 작은 규모의 클랜이다. 하지만 그들은 끈끈한 무언가로 연결되어 있었던 것이다.

'흐음 어떻게 할까?'

강혁준은 잠시 고민을 했다. 전생의 일로 그는 클랜이라면 아주 질색을 하는 편이었다. 그런 반면에 클랜의 장점도 잘 알고 있었다.

그들이 가지는 단합력을 절대 무시할 수 없다. 유능한 군주는 시너지 효과를 일으켜서 불가능한 일도 가능하게 한다.

'요새 들어 김형식도 무척이나 힘에 부치는 와중이었지?'

김형식은 믿을만한 조력자다. 그에게 쓸 만한 사람을 붙여 주어야겠다는 생각은 늘 하고 있었다. 그것이 설류하라면 어떨까?

'나쁘지 않겠군. 그녀라면 인망도 있고. 게다가 멍청한 선택도 하지 않겠지.'

설류하는 15인의 군주 중에서 유일하게 강혁준과 척을 지지 않은 사람이었다. 그녀라면 믿어도 될 것 같았다.

"좋다. 그녀의 손을 되찾아주지."

"감사합니다."

설류진은 몇 번이나 고개를 숙였다.

'정말이지. 시키지도 않는 일을…….'

뒤에서 그것을 바라보던 설류하는 심정이 복잡했다. 자신을 위해서 나서주는 모습은 정말 고맙다. 하지만 강혁준은 위험한 사람이었다. 그에게 미래를 맡기는 일이 과연 옳은 일이겠는가?

"손을 찾아준다는데 무슨 불만이지?"

강혁준은 탐탁하지 않는 그녀의 기색을 읽었다. 예상대로 그녀는 고개를 끄떡이며 말했다.

"그들은 내 사람이랍니다. 당신이 맘대로 하게 놔둘 생각은 없거든요."

"누나!"

이번에는 류진이 경악에 차서 말했다. 어떻게든 그녀의 손을 되찾아주고 싶어서 한 행동이었다. 하지만 그녀는 강혁준의 호의를 거절하고 있지 않은가?

"이유는?"

"당신은……. 평범하지 않아요."

잠시 망설이다가 그녀는 자신의 속내를 밝혔다.

"당신은 너무 뛰어나요. 가끔은 과연 인간이 맞나 싶기도 해요."

"……."

"반면에 우리는 평범한 인간에 불과하다구요. 그런 당신을 뒤따른다는 것은 분명 고난의 길이겠죠? 그런 이유로 제 사람들을 당신에게 맡길 수가 없어요."

그저 고난의 길이라면 다행이다. 그 끝이 좋지 않을 것이라고 그녀는 예감했다. 차라리 평생 불구로 살아가는 것이 마음이 더 편하다.

'틀린 말은 없군.'

그녀의 말 중에 어느 하나 틀린 것은 없었다. 회귀 전에도 그러했고 지금도 마찬가지다. 그는 독보적으로 강했으며, 고독한 인간이었다.

"그런 것이라면 걱정하지 마라. 어차피 저들을 끌고 다닐 생각은 없었으니까."

"네?"

설류하의 반문에 강혁준은 약간은 아픈 질문을 꺼내었다.

"설마 너희들이 나에게 도움이 될까?"

"……."

"차라리 발목이나 안 잡으면 다행이겠군."

광오한 말이었지만 모두 고개를 끄덕일 수밖에 없다. 강혁준은 팔짱을 끼면서 말했다.

"설류하. 대신 네 손목 값으로 한 가지 부탁을 하지."

"네?"

"살아남아라. 내가 할 말은 그뿐이다."

강혁준은 그들을 끌고 다닐 생각은 처음부터 없었다. 하지만 미래에 있을 대접전은 피할 수 없다. 그때가 되면 어쩔 수 없이 인류의 존속을 걸고 싸워야 한다.

'그녀라면 공동체를 더욱 굳건하게 만들 것이다.'

강혁준이 할 수 있는 일이 있고, 반면에 설류하가 할 수 있는 일이 있다. 현명한 그녀라면 미래에 그 의미를 알아차릴 것이다.

## Part 20 드라군

그 이후, 강혁준은 살아남은 각성자 무리를 이끌고 EE-마트로 돌아갔다. 군주를 잃은 각성자들은 자연스럽게 김형식 휘하에 편입되었다.

예전에 각성자는 공동체에 속해있으면서도 속 썩이는 악동이나 다름없었다. 그러나 클랜이 와해되고 난 지금 그들은 말 잘 듣는 순한 양이 되고 말았다.

김형식이 버선발로 나와서 혁준을 맞이했다.

"놀랍군. 딱 자네가 말한 대로 이루어졌어."

각성자들은 강혁준이라는 이름 세 자만 들어도 벌벌 떨었다. 압도적인 능력을 선보인 탓에 그들은 자기 분수를 깨닫게 된 것이다.

"이제 한 걸음 내딛었을 뿐이지요."

반면에 강혁준은 아직 만족을 몰랐다. 그에게 이번 일은 조그만 성공에 불과했다.

"그래, 앞으로 어떻게 할 생각인가?"

김형식이 은근슬쩍 물어본다. 이후의 일은 들은 바가 없었기 때문이다. 하지만 강혁준은 일일이 알려줄 생각이 없었다.

"개인적인 일을 처리할 생각입니다."

김형식은 그의 의중을 파악했다. 애초에 그는 강혁준에 대해서 크게 간섭할 생각은 없었다.

'애시당초 그를 간섭하는 것이 가능할까?'

"알겠네. 다만 이것만 알아두게나. 우리는 언제나 자네를 환영한다는 것을."

✤

다음 날 이른 아침.

강혁준은 EE-마트를 나섰다. 그가 챙긴 물건은 간단했다.

벨로시카 한 자루와 일주일치 식량정도가 전부였다.

강혁준은 폐허가 된 길을 걸었다. 가끔식 데몬이 그를 발견했지만 바로 도망을 간다. B등급에 도달한 강혁준의 오라에 지레 겁을 먹은 것이다.

반면에 강혁준 역시 도망가는 데몬을 잡을 생각이 없었다. 짜잘한 데몬을 잡아봤자 떨어지는 것은 최하급 정수가 전부다.

그가 낮은 등급일 때에는 도움이 되겠지만, B등급에 이른 지금 최하급 정수 100개를 흡수하더라도 능력치 1도 올리기 힘들 것이다.

B등급의 각성자는 적어도 비슷한 급이거나 더 강한 적을 잡아야 능력치가 오르는 구조로 되어있다.

'기억대로라면 이 근방일 텐데.'

도시를 벗어나 한적한 시골 동네에 들어섰다. 근처 농가를 둘러봐도 사람 한 명 보이지 않는다. 판데모니엄에 놀란 사람들이 기존 거주지를 버리고 떠난 것이다.

"음머……."

근처 축사에서 풀려난 소 한 마리가 풀을 뜯고 있었다. 여태까지 데몬의 밥이 안 된 것을 보니 운이 좋은 놈이다.

그 소는 별다른 경계심 없이 가까이 다가왔다. 아무래도 사랑을 많이 받고 자란 모양이다.

"음머……."

맑은 눈망울로 바라본다.

강혁준은 손을 들어 소의 머리를 쓰다듬었다. 녀석은 사람의 손길을 즐기는 듯 기분 좋게 머리를 부벼온다.

"네가 큰 도움이 되겠구나."

근처 농가에서 밧줄을 구했다. 소뚜레에 연결시키고 이끌자 아무런 저항 없이 따라왔다.

근처 축사에서 사료를 구해 소에게 실컷 먹였다.

"음머……."

근처에 자란 풀로는 성이 차지 않았을 것이다. 간만에 포식한 소는 큰 소리로 울었다.

"옳지. 옳지."

강혁준은 싱긋 웃었다. 이것이 농부의 기쁨인가?

다음 날.

근처 농가에서 밤이슬을 피했다. 해가 떠오르는 것을 보고 밖으로 나오자 어제 조우했던 소가 울면서 혁준을 맞이한다.

"음머……."

기꺼운 마음에 사료에다가 사람이 먹는 비타민도 섞어주었다.

"많이 먹어라."

마치 알아듣기라도 한 것처럼 머리를 주억거린다. 기다란 혓바닥이 낼름거릴 때마다 많은 양의 사료가 사라졌다.

끼이익….

축사 문을 열고 소를 이끌었다. 놈은 순순히 따라 나온다.

수확을 마친 논은 황량했다.

소를 허허벌판 중앙에다가 도망가지 않도록 묶어 두었다. 그리고 여물을 구해다가 근처에 쌓아두었다.

"흠… 완벽하군."

강혁준은 주위를 둘러본다. 그러다가 대나무 수풀을 발견했다.

'저곳이라면……'

강혁준은 서둘러 그쪽으로 갔다. 제법 빽빽하게 자란 탓에 숨어있기에는 안성맞춤이다.

그 이후는 할 일 없이 시간을 보냈다.

"……"

중천에 뜬 해가 어느새 저물어가고 있었다. 슬슬 포기하려던 참인데, 멀지 않은 곳에서 홰치는 소리가 들린다.

"캬아아악……"

시커먼 그림자가 논 한가운데를 가로지른다. 주변 공기가 달라진 것을 느낀 소는 그곳에서 벗어나려고 했다.

텅!

하지만 묶어 놓은 줄이 단단하다. 쉽게 풀어질 기색이 아니다.

펄럭! 펄럭!

모습을 드러낸 것은 커다란 데몬 드라군이었다. 흔히

각성자들 사이에서는 비룡이라고 불리우는 존재로서 하늘을 날 수 있는 중형 데몬이었다.

성격이 매우 흉포한데다가 식탐도 강해서 눈에 띄면 닥치는 대로 사냥하는 폭군이었다.

"캬아아악……."

드라군은 방금 인간 두 명을 먹은 상태였다. 하지만 만족을 모르는 그의 두 눈에 포착된 것은 500kg의 소 한 마리였다.

꿀꺽.

결국 허기가 그를 움직였다.

드라군의 거대한 덩치가 급강하하기 시작한다.

"음머……."

구슬픈 비명을 지르며 몸부림 치지만 피할 방도가 없다.

콰지직!.

거대한 동체가 소를 짓누르자, 그 힘을 이기지 못하고 그대로 바닥에 뒹굴었다.

"카아아악……."

드라군의 입이 크게 벌어지고,

으적!

단번에 목줄을 물어뜯는다. 드라군의 치악력은 악어의 수십 배에 달한다. 단번에 살은 물론이고 뼈까지 부숴버리는 힘이다.

꿀꺽!

파충류답게 씹지도 않고 삼킨다. 하지만 아직 먹을 고기
는 많다. 게걸스럽게 고기를 뜯기 시작했다.

으적으적.

드라군이 식사에 열중하는 동안.

천천히 그에게 다가오는 그림자가 하나 있었다.

바로 강혁준이다.

'운이 좋군. 하루 만에 성공할 줄이야.'

처음부터 소는 미끼였다. 그가 노리고 있던 것은 하늘의
제왕 드라군이었다.

혹시라도 들키면 녀석이 도망갈지도 모른다. 강혁준은
최대한 조용히 놈에게 다가갔다.

'지금이다.'

강혁준은 드라군의 넓은 등판으로 뛰어들었다.

"크룩?"

무언가가 등 위에 올라타자 드라군이 의문을 표했다.

"캬아아악……."

불쾌한 감정을 유감없이 드러낸다. 동시에 홰를 치면서
공중으로 날아올랐다.

"이크…"

중형 데몬답게 힘이 넘친다.

그저 사냥을 위해서라면 벨로시카를 꺼내서 놈의 머리통

에다가 박아 넣으면 된다. 하지만 그렇게 하면 본래의 목적에서 벗어나는 것이다.

"크와아아악!"

드라군이 공중에서 몸을 뒤흔들었다. 하지만 조그만한 인간은 떨어질 줄 모른다.

그러기를 수십 분.

참다못한 드라군이 다소 무식한 방법을 선택했다.

"이런……."

놈은 단단한 비늘을 믿고 절벽을 향해 몸을 던졌다. 물론 강혁준도 물리 내성이 높은 편이었지만, 그렇다고 단단한 돌무더기에 뒹굴 생각은 없었다.

좌라라라락!

강혁준의 손에서 아크라의 촉수가 뿜어져 나온다.

콰득!

촉수에 끝에 달린 것은 날카로운 흡판이었다. 그것은 비늘을 헤치고 살갗에 단단히 박혀들었다.

"이랴!"

마치 카우보이처럼 촉수를 당긴다.

"크라락!"

따끔한 고통과 더불어 무지막지한 힘이 가해진다. 강혁준이 가진 근력의 수치는 무려 37. 드라군의 머리를 다른 곳으로 돌리기에는 충분했다.

휘이이잉!

가까스로 절벽에서 벗어났다.

촉수라는 고삐를 놈에게 착용했지만 반항이 거세다. 아무래도 항복할 의사는 없어보였다.

"좋다. 오늘 누가 이기는지 한번 해보자."

마수 길들이기에 나선지도 5시간째.

드라군은 쉽사리 굴복하지 않는다. 놈의 고집은 고래힘줄보다 더 질긴 편이었다.

'만만치 않네.'

오래가는 건전지처럼 지칠 줄을 모른다. 하지만 강혁준은 노련한 기교파였다. 적절한 완급 조절을 통해 드라군이 체력을 헛되이 쓰도록 유도했다.

"쿠르르륵……."

이윽고, 드라군이 거친 숨을 몰아쉬기 시작한다. 그러자 강혁준이 오히려 녀석을 자극했다. 촉수로 그의 머리를 지그시 누른 것이다.

"크와아악!"

또 한 번 몸을 흔들었다. 편하게 휴식을 취하게 할만큼 그는 자비로운 성격이 아니다.

한 차례 요동이 있었지만 강혁준은 특유의 균형감각으로 위기를 가볍게 넘겼다.

"꾸르르륵……."

결국 드라군은 흰 거품을 물고 바닥에 쓰러졌다. 체력이 모두 방전된 탓에 혀를 길게 내밀고 뻗은 것이다.

여러 번 자극을 줘봐도 요동도 하지 않는다. 완전히 탈진한 듯 했다.

타닥!

등에서 내려온 혁준은 드라군의 머리 바로 앞까지 걸어갔다.

"크르르르……."

낮게 울리는 울음소리.

그것은 항복의 표시나 마찬가지다. 드라군은 손가락 하나 까딱할 기운이 없었다. 지금 그의 생명줄은 강혁준이 틀어쥐고 있는 것이나 다름없다.

강혁준은 손을 들어 드라군의 미간을 쓰다듬었다. 단단한 비늘이 차갑게 느껴진다. 놈을 지배할 모든 준비를 마친 것이다.

강혁준과 드라군의 눈이 마주한다. 이윽고 마수의 지배자 스킬이 발동되었다.

"키긱…."

드라군은 어떻게든 그것에 저항하려고 노력했다. 하지만 시간이 갈수록 적개심은 희미해져갔다.

"크르륵!"

드라군은 그의 눈에서 작게 타오르는 불꽃을 보았다.

그것은 오래 전 잊었던 무언가를 떠오르게 만들었다.

"꾸우… 꾸우우욱!"

새끼가 어미를 부를 때, 내는 소리였다. 드라군은 자신이 성체라는 사실을 잊어먹은 듯 했다.

"옳지. 옳지."

강혁준은 미리 준비한 고깃덩어리를 꺼낸다. 드라군은 혀를 내밀어 그것을 받아먹었다.

"꾸욱… 꾸우욱!"

맛있다. 아주 오래전 그의 어미가 토해낸 그 흐물거리는 고기 맛을 떠올리게 만들었다.

─드라군 지배를 성공했습니다.

다소 어려움이 있었지만 결과는 성공적이었다. 강혁준과 드라군은 이제 보이지 않는 끈으로 연결되었다.

그것은 드라군에 대한 완전한 지배를 뜻하는 것이다. 시간이 흐르자 지친 드라군이 어느 정도 기운을 차렸다.

강혁준은 간단한 명령을 내려 보았다.

─앉아.

─일어서!

말 잘 듣는 강아지처럼 단번에 알아듣고 움직인다. 텔레파시로 이어져 있어서 따로 소리 내서 말할 필요도 없었다. 거리가 멀리 떨어져 있어도 언제든지 호출할 수 있는 것이다.

"자아! 한번 날아볼까?"

드라군 위에 올라탄다. 이번에는 순한 양처럼 그를 받아들인다. 명령을 내리자 드라군은 순식간에 그를 태우고 날아올랐다.

휘이이잉!

제법 세찬 바람이 그의 얼굴을 때린다. 하지만 강혁준은 다소 상기된 표정이었다. 전생에서도 마수를 부리는 자들은 매우 극소수였다. 강혁준 역시 그들을 보면서 부러워하는 마음이 있었다.

수십km를 짧은 시간에 주파한다. 지형에 영향을 받지 않다보니 순식간에 풍경이 변했다.

구릉지대를 넘어서 멀지 않은 곳에 크립이 분출하는 지역이 있었다.

"저기 있군."

EE-마트로 돌아가던 중 설류화에게 가져다 줄 선물이 떠올랐다.

-맥스! 저 놈 물어와.

아주 어렸을 때 키웠던 강아지 이름을 드라군에 붙여주었다. 명령을 받은 맥스는 그대로 급강하한다. 그리고 날카로운 발톱으로 지상에 있던 데몬 두 마리를 낚아채었다.

"캥!"

도마뱀 형태의 데몬 시브리였다. 줄무늬 갈색 형태를 띄고 있는 데몬으로서 겁이 많은 녀석이다. 진동을 느끼는 감각이 뛰어나 웬만한 각성자도 녀석을 사냥하기 힘들다.

　반면에 강혁준이 타고 있는 데몬은 하늘을 나는 비룡이었다. 공중에서 덮쳐오는 공격에는 속수무책인지라 손쉽게 시브리 두 마리를 잡을 수 있었다.

　-잘 했다!

　강혁준은 길다란 맥스의 목을 어루만져주었다. 그러자 녀석은 기분 좋은 울음소리를 내었다.

EE-마트.

북쪽에 마련된 성벽에는 두 명의 사람들이 서 있었다. 혹시 모를 데몬의 침입에 대비하기 위함이었다.

"하아암……."

경비를 서고 있던 각성자가 지겨운지 하품을 한다.

"정신 차려! 여기 놀러온 줄 알아?"

동료가 타박을 준다.

"어차피 여기는 개미새끼 한 마리 지나가지 않는다고. 너야말로 신경이 너무 예민한 것 아냐?"

EE-마트 근방에선 데몬을 찾아보기 어려웠는데, 강혁준이 보이는 족족 때려잡았기 때문이다.

각성자들이 로테이션을 돌며 마트 주변에 경비를 서고 있지만, 단 한 번도 경보가 울리지 않은 탓에 경비병들 사이에는 방만한 분위기가 조성되고 있었다.

"난 한 숨 잘 테니까. 일 있으면 깨워라."

하지만 드러누웠는지 1분도 되지 않아서 그의 동료가 마구 깨운다.

"아… 젠장. 뭔데 그래?"

신경질 내면서 일어나는 각성자.

반면에 그의 동료는 얼빠진 표정으로 공중을 가리킨다.

"응? 대체 뭔데 그러는…….."

펄럭! 펄럭!

그는 말을 마저 잊지 못했다. 몸길이만 해도 6m가 넘는 드라군이 하늘 위에서 내려다보고 있었기 때문이다.

"……"

드라군은 천천히 하강을 시작했다. 어느새 그의 눈 높이와 동일한 위치까지 말이다.

크르릉!

뜨거운 콧김이 그의 머리카락을 헝클었다. 비명을 지르고 도망가고 싶지만 발에 접착제라도 달라붙은 듯 움직이지 않는다.

덜덜덜……

몸이 사시나무처럼 떨렸다. 차라리 이대로 졸도라도 했으면 싶었다.

타닥.

그 순간.

드라군에서 강혁준이 뛰어내렸다. 그는 심드렁한 표정으로 외쳤다.

"한량 클랜의 설류하 알지?"

"네… 넵!"

EE-마트 내에 유일하게 클랜을 소유한 군주다. 미모까지 뛰어난 그녀를 모를 리가 없다.

"볼 일이 있으니까 당장 불러와라."

"그… 그런데 저것은?"

덜덜 떨면서 묻는다. 하긴 저런 괴물이 도시에 나타났는데, 경계하지 않는 것이 이상하다.

"내가 키우는 애완동물이다."

"하…지만 저건 괴물이지 않습니까?"

무시무시한 데몬을 보고 애완동물이라니?

하지만 강혁준은 더 기가 차는 말을 했다.

"우리 애는 순해서 사람 안 물거든."

"네?"

자신도 모르게 되묻는다. 하지만 강혁준은 더 이상 설명하기가 귀찮았다.

시간이 흐르자 일단의 소요는 가라앉았다. EE-마트 내에서 강혁준을 모르는 사람이 없는데다가 드라군은 순한 강아지처럼 조용히 있었기 때문이다.

얼마 있지 않아서 설류하와 그의 클랜원들이 모습을 드러냈다.

"이…건 뭐죠?"

거대한 비룡을 바라보면서 설류하가 말했다. 강혁준이 기인이라는 것은 알고 있었지만.

마수를 제 수족처럼 부릴 것이라고는 전혀 예상하지 못했었다.

"새로 뽑은 자가용이다."

그렇게 말하면서 드라군의 목을 어루만져준다. 맥스는 기분 좋은 울림을 내면서 그것을 즐기고 있었다. 이렇게 보면 고양이나 마찬가지다.

"허영심을 자극하기는 하네요."

설류하의 말대로 모두의 이목을 집중시킨다. 그 어떤 외제차보다 말이다.

"그런데 저를 찾으신다고 했는데. 무슨 일이죠?"

-맥스, 도마뱀을 이리 가져와.

그의 명령에 따라 드라군은 한 곳에 치워두었던 데몬 시브리를 물고 왔다.

툭!

이미 사체였기에 미동도 하지 않는다.

강혁준은 벨로시카를 분화시켜서 작은 단검의 형태로 만들었다. 그리고 데몬의 배를 단번에 따버린다.

부우우욱!

배 속 깊숙이 자리한 정수 두 개를 꺼낸다. 그중 하나를 설류하에게 던졌다.

툭!

"이게 뭐죠?"

"잘려나간 네 손을 복구시켜줄 정수다."

강혁준은 그렇게 말하면서 남은 한 개를 바로 흡수했다.

-시브리의 정수에게서 스킬 '시브리의 재생'을 습득했습니다.


시브리의 재생(D등급)(패시브): 도마뱀이 잘려나간 꼬리를 재생시키듯 상처를 천천히 재생시킵니다. 사지가 절단된 경우라도 시간과 영양만 충족된다면 얼마든지 수복 가능합니다.


"이건?"

놀란 눈으로 설류하가 되묻는다. 반면에 강혁준은 쿨하게 말했다.

"약속을 지키러 왔을 뿐이다. 아마 2달이면 예전처럼 돌아갈 걸."

회복이 불가능한 사지 절단도 재생 스킬을 가지면 얼마든지 예전으로 되돌아갈 수 있었다. 다만 창칼이 오가는 급박한 전투에서는 큰 도움이 안 되지만 말이다.

"고마워요."

사실 큰 기대는 하지 않았다. 하지만 강혁준은 단 3일도 되지 않아서 그녀의 손을 재생시킬 방법을 가져왔다.

"인사치레나 받자고 한 일이 아니다."

쌀쌀맞은 태도임에도 불구하고 설류하는 그에게 깊은 호감을 느끼고 있었다. 물론 연애의 감정이라기보다는 그의 호의에 감사하는 마음이었지만 말이다.

정수를 빼낸 도마뱀의 사체는 쓰레기나 다름없다. 각성자든 일반인이든 데몬의 고기는 먹을 수 없기 때문이다. 만일 억지로 먹다가는 중독으로 건강을 크게 해치게 된다.

주르륵!

반면에 드라군의 입가에서 침이 넘치도록 흐른다. 식사를 한 지 한참이나 지났기에 그는 몹시 배가 고팠다. 만일 지배당하기 전의 드라군이었다면 이미 주변을 쑥대밭으로 만들었을 것이다.

−배고프냐?

그의 물음에 드라군은 격하게 고개를 끄덕인다.

-그럼 먹어치우렴.

강혁준의 명령이 떨어지자 맥스는 맹렬하게 데몬 시체에 달려간다.

덥썩!

드라군은 시브리의 몸통을 물어서 들어 올린다. 그리고는 공중을 향해서 훅하고 던져버린 것이다.

두둥실…….

그러다가 중력의 영향을 받고 아래로 떨어진다. 하지만 그 아래에는 드라군이 입을 쩍 벌리고 있었다.

꾸울꺽!

드라군은 시브리를 단번에 집어삼킨 것이다. 그는 연이어서 다음 시브리도 그의 입속으로 쏙하고 사라져버렸다.

짝짝짝…….

그걸 지켜보던 사람들은 자신도 모르게 박수를 치고 말았다. 동물원에서 묘기를 보는 것 같았기 때문이다.

쩝쩝…….

한 끼 식사로는 모자람이 있지만, 간식거리는 되는 모양이다.

"멋지군요. 이참에 그쪽으로 진로를 바꿔보시는 것은 어떤가요?"

"생각해보지."

강혁준은 그렇게 말하고는 드라군의 등에 올라탔다.

"그럼 이만."

펄럭! 펄럭!

처음 등장했을 때처럼 저 멀리 날아가 버린다. 설류하는 목소리를 높여서 그를 부르려다가 말았다.

'정말이지. 바람 같은 사람이야.'

✦

판데모니엄 이전.

그곳은 범죄자를 가두는 장소였다. 그것도 최소 3범 이상의 악질 죄인들만 가두는 곳.

대부분의 제소자가 살인, 강도, 강간, 절도, 폭력을 밥 먹듯이 저지르던 이들이었다.

대지진이 일어나고 전자기가 종말했다. 그리고 나타난 데몬을 막느라 많은 수의 교도관이 떼 몰살을 당했다. 그 다음은 다들 예상한 대로였다.

폭동이 일어났고, 그나마 남아있던 교도관들도 제소자들에게 몰살당했다.

"자유, 자유다!"

안에 갇혀있던 죄수들은 자유를 부르짖으며 밖으로 향했지만, 이미 밖은 그들이 알던 세상이 아니었다.

데몬들이 피와 살육을 찾아 날뛰고 있고, 흔히 인권이라고 불리던 것들의 가치가 벌레만도 못하게 떨어진 세상. 약육강식이 진리가 됐으며, 약한 자가 죽는 것이 당연하게 변해버린 세계다.

일반인이었다면 비명을 지르며 절망했겠지만, 그들은 아니었다.

"뭐야 이건, 천국인가?"

사회와 법이라는 사슬에 강력하게 묶여있던, 미친 야수들이 풀려났다. 그들은 빠른 속도로 각성하기 시작했고, 주변에 있던 생존자 무리를 약탈하며 세력을 크게 불렸다.

마치 예습이라도 해놨던 것처럼.

언젠가 이런 일이 일어날 것이라 믿은 것처럼.

그들은 너무나도 빠른 속도로 확장해 나갔다.

물론, 그 과정이 쉬웠다는 얘기는 아니다.

이때까지 잘난 맛에 살았으며, 마음에 들지 않는 이들을 짓누르려는 본성은 어딜 가지 않았다. 처음에는 몇몇 파벌을 나눠 죄수끼리도 싸웠으나, 그건 말 그대로 잠시였다.

"내 앞에 무릎 꿇어라. 약자들이여! 이 혼돈으로 가득 찬 세상에서 살고 싶다면 나를 따르라! 나를 따르는 이에겐 힘을 줄 것이고, 그렇지 않은 자들은 구세계와 함께 지옥 끝자락으로 떨어질 것이다!

압도적인 무력과 강력한 능력을 갖춘 존재의 등장.

그의 이름은 피각수.

그는 등장과 동시에 교도소 세력을 취합했고, 교도소에 새로운 이름을 부여했다.

스트롱홀드.

이후 피각수의 주도 아래 강제 각성이 시작됐다.

"적응하지 못하는 머저리들은 내가 친히 죽여주마!"

더 큰 힘, 더 큰 악에 조무래기들은 너무나도 손쉽게 굴복했다. 그저 피각수가 시키는 대로 반강제로 각성의 시련에 몸을 던졌을 뿐이었다.

강제 각성 다음엔 전쟁이었다.

피각수는 밖에 있는 이들을 가축이라 부르며 사냥하기 시작했다.

마치 전염병이 퍼지듯, 너무나도 빠른 전진에 남아있던 생존자들은 모조리 굴복할 수밖에 없었다.

그렇게 시간이 흘러 현재.

스트롱홀드는 일대에 제일 강력한 세력이 됐고, 피각수는 살아있는 신과 같은 권력을 누렸다.

피각수는 이렇게 생각했다.

'나는 신세계의 신이 됐다. 그 누구도 나를 끌어내리지 못할 것이다!'

✤

강혁준이 그곳에 들어선 것은 해 저물 무렵이었다. 드라군을 타고 먼 거리를 여행했다. 매우 편리한 여행수단이었지만 드라군 역시 생명체로서 음식 섭취가 필요했다.

─근처에서 사냥하렴.

녀석은 고개를 주억거린다. 그러더니 휙휙 날아서 석양이 지는 곳으로 날아간다.

그동안 강혁준 역시 하룻밤을 보낼 곳을 찾아봐야 했다. 이왕이면 밤이슬도 피하고 식사까지 제공 받을 수 있다면 더 좋으리라.

"이거는……."

강혁준은 가던 발걸음을 멈추었다. 그의 시야에 심상치 않은 것이 보였다.

교회에서나 보던 십자가 형상이 주르륵 박혀있었다. 하지만 정작 충격적인 점은 못 박힌 것이 인간시체라는 점이다.

십자가 아래에는 이런 팻말이 달려있었다.

─죄목. 각성을 거부함.

'그렇군. 슬슬 스트롱홀드의 지역에 들어선 것인가?'

죄수들의 왕.

피각수의 존재는 강혁준 역시 잘 알고 있었다. 그의 악명은 전생에서도 대단했으니까.

웬만한 악마대군주보다 그 때문에 죽은 인간의 수가 더 많다면 믿겠는가?

'그렇다는 것은 근처에 탄광이 있을지도.'

처음에 크립이 분출하면 점액질의 형태를 가진다. 하지만 시간이 지날수록 단단하게 굳는데, 그것을 칼콘이라고 불렀다. 칼콘이 깊게 생성된 지역을 탄광이라고 하며, 전략적으로 중요한 거점으로 취급 받았다.

그 이유는 칼콘에는 낮은 확률로 정수가 생성되었기 때문이다. 하지만 많은 칼콘을 잘게 부숴서 하는 일이기에 많은 노동력이 필요했다. 전자기가 종말한 지금, 오로지 인력으로만 그 작업을 진행해야 했다.

강혁준의 예상대로 사람의 흔적을 찾을 수가 있었다.

탕! 탕!

탄광의 모습이 드러났다. 거대한 동산 중앙 한가운데에는 아직도 크립이 분출하고 있었다. 하지만 그 아래로 쌓이는 것들은 굳어서 칼콘 층을 이루었다.

그리고…….

개미처럼 달라붙은 사람들이 보인다. 조그만한 정수 하나 얻자고 수백 명의 사람들이 쉬지 않고 곡괭이질을 하고 있었던 것이다.

강혁준은 일단 그곳으로 걸어간다. 말만 잘하면 숙소 문제는 해결될 것처럼 보였기 때문이다.

"당신 못 보던 자인데?"

외곽에서 새파랗게 젊은 남성이 강혁준을 막아선다. 그는 소총을 들고 있었는데, 그 총구가 강혁준을 가리키고 있었다.

언제라도 쏠 수 있도록, 준비된 상태였다.

"이곳에 처음 왔다."

처음부터 문제를 만들 생각은 없었다.

"흠…… 떠돌이인가?"

판데모니엄이 진행된 지금, 간혹 떠돌아다니는 부랑자를 심심치 않게 만날 수 있었다.

"여기는 스트롱홀드의 구역이다. 알다시피 이곳 땅을 밟는 사람은 모두 세금을 내야 해. 무슨 말인지 알지?"

총을 겨누는 태도가 거의 협박이나 다름없다.

협박을 하고 있는 자의 이름은 김준호. 이제 18살 애송이였다. 예전에 학생이었던 시절에도 이름난 일진이었다. 그런 그가 스트롱홀드에 가입한 것이 크게 이상한 일은 아니었다.

그는 성공적인 각성을 마치고 지금은 탄광을 지키는 일을 하고 있었다. 명목은 크립을 노리는 데몬을 격퇴하는 일이지만, 그것보다 정수를 몰래 반입하는 것에 더욱 집중하고 있었다.

"얼마 필요한데?"

강혁준이 그렇게 묻자 의기양양해진 김준호가 외쳤다.

"무색 정수 5개다."

그렇게 말하면서 김준호는 1개라도 받으면 감지덕지라고 생각했다. 떠돌이에게서 무언가를 얻어내는 것은 벼룩의 간을 뽑아 먹는 일이나 다름없기 때문이다.

강혁준은 귀찮은 표정으로 큼직한 정수를 꺼내어 던진다.

"이 정도면 되지?"

'헉……'

김준호는 속으로 엄청 놀랐다. 그가 받은 정수는 매우 가치가 높아 보였기 때문이다. 가끔 칼콘에서 발견되는 무색의 정수와는 비교가 안 되었다.

"더 필요한가?"

강혁준에게 있어서 그 정도는 길가에 돌아다니는 돌맹이보다 못 했다.

"아… 아니요,"

김준호가 아무리 악질이라고 하더라도 아직 어린애에 불과했다. 자신도 모르게 존댓말로 대답하고 말았다.

"그럼……."

강혁준은 그렇게 말하고 안으로 들어간다. 광산 근처에는 마을이 마련되어 있기 마련이다.

"이게 웬 떡이냐?"

김준호는 방금 생긴 정수를 보면서 싱글벙글 웃었다. 이 거라면 제법 많은 능력치를 부여해줄 것이 분명하기 때문 이다.

"아니다. 이걸 흡수하는 것보다 상납하는 것이 좋을지 도."

스트롱홀드의 피각수가 무소불위의 권력자이긴 하지만 이런 외곽까지 직접 다스리지는 않았다. 대신 자신의 부하 중 하나를 보내어서 관리를 하고 있는데, 그 자의 이름이 바로 이종태였다.

김준호는 자신이 강해지는 것보다 이종태에게 정수를 바 쳐서 줄을 서는 것이 더 이롭다고 생각했다.

판데모니엄 이전이나 이후나 자고로 대한민국 사회는 인 맥이다.

✣

탄광 마을의 지배자 이종태는 심기가 매우 불편했다. 요 새 들어 정수 수확량이 줄어들고 있었기 때문이다.

'큰일 났다. 목표에 턱 없이 부족해. 이러다가 피각수님 이 나를 찢어 죽일지도 몰라.'

여기서 '찢어죽이다'는 말은 관용적인 표현이 아니다. 피 각수는 심심하다는 이유만으로 사람을 여러 갈래로 나누곤

했기 때문이다.

"야! 너 임마."

"넵!"

이종태는 아래 부하를 다그쳤다.

"어떻게 된 것이 갈수록 채굴양이 줄어들어?"

"죄송합니다. 아무래도 탄광이 고갈 되어가고 있는 것 같습니다."

크립이 굳더라도 정수가 생성되려면 약간의 시간이 필요하다. 하지만 그럴 여유를 주지 않고 마구 캐내다보니 채굴량이 줄어들 수밖에 없다.

"무슨 개소리야? 지금 이 시각에도 저렇게 뿜어 대고 있잖아."

창문 밖으로 분출하는 크립을 가리키면서 이종태가 다그친다.

"그… 그렇지만."

"안 되면 가축 놈들을 더 쥐어짜라고. 밤에도 재우지 말고 일을 시키면 되잖아."

여기서 가축은 비각성자들을 말하는 것이다.

"그렇게 과도하게 일을 시키면 분명 사망자가 생길지도……."

화가 머리끝까지 난 이종태는 부하의 멱살을 쥐었다.

"지금 내가 죽게 생겼는데 그따위 알까 보냐?"

"으윽……. 알겠습니다. 지금 당장 시행하도록 하겠습니다."

그제서야 이종태는 부하의 멱살을 풀어준다. 그리고는 소리쳤다.

"십탱아. 부족하면 네 놈이 직접 곡괭이질이라도 해. 만일 목표를 채우지 못하면 너 죽고 나 죽는다. 알간?"

"네넵!"

부하는 허둥지둥 문을 열고 나간다.

"이크!"

문 밖에 있던 김준호와 부딪힐 뻔했다. 가까스로 피한 부하는 그를 째려보았다. 상대적으로 그의 서열이 훨씬 높았기 때문이다.

"뭐해? 당장 안 움직이고."

"아닙니다. 지금 가겠습니다."

이종태의 말에 급히 탄광으로 뛰어간다. 반면에 김준호는 얼떨떨한 표정으로 굳어있었다.

"넌 뭐야?"

그 모습을 본 이종태가 묻는다.

"김… 준호라고 합니다. 타… 탄광에서 경비를 서고 있습니다."

스트롱홀드에서도 최하위 직급이었다. 이종태는 심드렁한 표정으로 소리쳤다.

"할 말 있어?"

"넵. 저…기 이걸 제가 가져왔습니다."

김준호가 가지고 온 것은 아까 받은 큼직한 정수였다.

"응?"

그것을 본 이종태 역시 눈이 휘둥그래졌다. 칼콘에서 나오는 무색 정수 따위가 아니다. 그보다 강한 데몬을 사냥했을 때나 얻을 수 있는 정수다.

"이걸 어디서 구했냐?"

"그…게…."

김준호는 속으로 '아차' 했다. 어서 바쳐서 이쁨 받을 생각만 했지. 입수경로에 대해서 그 어떤 변명거리도 준비하지 못한 것이다.

"어서 말해!"

"넵. 사실은……."

결국 김준호는 사실대로 이실직고했다.

"그러니까 이만한 정수를 던져주더라고?"

"넵. 아무렇지 않게 던져주었습니다."

그 순간 이종태의 머릿속에서 번쩍이는 아이디어가 떠올랐다.

'이거 잘하면 대박이다.'

그 다음은 굳이 생각해볼 것도 없다. 떠돌이 각성자를 족쳐서 깔끔이 뺏겨 먹을 생각이었다. 잘만하면 부족한 수확량을 손쉽게 벌충할 수도 있다.

'말 안 들으면 그냥 죽이면 될 일이지.'

그와 그의 부하들은 각성자로 이루어진데다가 총기까지 보유하고 있다. 아무리 재주가 좋은 각성자라고 하더라도 소대 단위를 이길 수 없다는 계산이 나왔다.

'흐흐흐……. 운이 좋았어. 이제야 하늘이 나를 돕는구나.'

✤

판데모니엄이 시작되고 기존의 화폐는 모두 종이가 되고 말았다. 수십억 달러를 손에 쥐고 있어도 생존하는 것에는 아무런 도움이 되지 않기 때문이다.

그런 것보다 생수나 음식이 더욱 큰 가치를 지니게 되었다. 하지만 그런 생필품은 화폐로 쓰기에는 부피가 너무 크다.

그렇게 해서 대두된 것이 바로 무색 정수다. 칼콘층에서 무색 정수는 꾸준히 생산이 된다. 그런데다가 그것을 흡수함으로서 각성자는 자신의 스텟을 상향시킬 수 있었다.

현물로서 가치가 있으면서도 휴대성도 간편하다. 차세대 화폐로서 부족함이 없었다. 그러다보니 사람이 거주하는 곳은 환전소라는 장소가 생겼다.

가치가 있는 물건이나 데몬에게서 나온 유색 정수를 사용하기 편한 화폐 단위인 무색 정수로 바꾸어 주는 것이다.

강혁준은 지금 환전소라고 간판에 락카칠을 한 건물 앞에 서 있었다. 일단 가지고 있던 정수를 처분해야 할 것 같았다.

딸랑딸랑~

판데모니엄 이전에는 옷가게인 모양이다. 가게 안에는 여러 개의 마네킹이 서 있었다. 다만 옷이 모두 벗겨져 있어서 더욱 섬뜩한 느낌을 주었다.

"어서 오십셔."

반쯤 머리가 벗겨진 남성이 강혁준을 맞이한다. 그곳을 맞이하는 손님은 거의 대부분이 스트롱홀드의 똘마니들이었다.

범죄자들을 상대하다보니 그는 매번 상대를 관찰하는 습관을 가지고 있었다. 눈썰미가 뛰어난 그는 강혁준이 외지인이라는 사실을 바로 알아차렸다.

"무엇을 도와드릴까요?"

강혁준은 품에서 정수하나를 꺼내었다. 자주색 빛깔을 드러내는 것이 가치가 뛰어나보였다.

"잠시 봐도 되겠습니까?"

강혁준은 고개를 끄덕인다. 환전소 주인은 안경을 꺼낸 다음에 정수를 살펴보았다.

－아나타리의 정수

체력을 1점 올려줍니다.

환전소 주인 역시 각성자였다. 그의 고유 특성은 감정이란 것으로 정수나 인챈트한 무기에 대해서 자세하게 살펴볼 수 있었다. 하지만 무엇보다 정수랑 비슷하게 생긴 광석으로 사기치는 놈들을 효과적으로 거를 수 있었다.

"진품이군요."

"무색 정수로 모두 바꿔줘."

각성자 등급이 높아질수록 질 낮은 정수는 거의 도움이 되지 않는다. 강혁준에게 있어서 아나타리의 정수를 흡수하더라도 체력을 고작 0.01점 올려준다.

차라리 무색정수로 바꾸어서 생활비로 쓰는 것이 이득인 셈이다.

"수수료를 제외하면 무색 정수 15개입니다."

수수료를 제외하는 것은 매우 당연하다. 하지만 이번 경우에는 욕심을 너무 많이 부렸다.

강혁준은 품에서 보라색 정수를 5개나 더 꺼내었다.

"제 값을 쳐주면 이것도 거래해주지."

상인은 이익을 위해서 움직인다. 환전소 주인은 순식간에 눈알을 이리저리 굴렸다.

'이 자식 다 알고 있었군.'

환전소 주인의 꼼수는 이미 드러났다. 하지만 그는 훌륭한 철면피였다. 인간쓰레기의 집합소인 스트롱홀드의 개자식들과 어울리다보면 이정도 사기는 기본이다.

"하하하……. 제가 잠시 착각을 한 모양이군요. 개당 25개 쳐드립지요."

강혁준은 고개를 끄덕였다. 사기가 치는 것에서 바가지 씌우는 정도로 바뀌었다. 어차피 공정거래를 바라지도 않았다.

"좋다. 거래하지."

환전소 주인은 주머니에다가 정수를 수북하게 담아주었다. 강혁준은 그것을 세지도 않고 허리춤에 착용했다.

"안녕히 가십시오."

강혁준은 아무 말 없이 건물을 나섰다. 어차피 다시 오지 않을 장소다.

그 이후 들린 곳은 판자촌이었다. 길거리에는 일부러 노출을 강조한 여성들이 서 있었다.

"어머……. 오빠 처음보네?"

"단단한 근육 봐. 힘 좀 쓰겠다."

스트롱홀드의 똘마니들을 상대로 몸을 파는 여자들이다.

이곳의 경제구조는 스트롱홀드를 중심으로 흘러갔다. 그러다보니 이런 퇴폐적인 장사만이 그럭저럭 성장한 것이다.

강혁준은 추파를 던지는 이들을 뒤로하고 건물 안으로 들어갔다. 이곳의 유일한 숙박 시설인 것이다.

"식사는 정수 한 개. 숙박은 정수 세 개. 여자는 정수 열 개."

턱수염을 지저분하게 기른 남자가 무성의하게 말한다. 그는 새로 들어온 손님을 보지도 않고 그저 커다란 솥뚜껑에 담긴 죽을 휘휘 젓고 있었다.

툭!

강혁준은 정수 네 개를 던져준다. 셈을 치른 것이다.

떨그럭…….

턱수염을 기른 남자는 넓적한 그릇에 죽을 담아준다. 그리고 나무 스푼을 꽂아주면서 그가 말했다.

"2층의 3번방으로 가시오. 그리고 이게 필요할 거요."

그가 꺼낸 것은 귀마개였다.

"옆방에서 방아 찍는 소리 때문에 잠 설치기 싫으면 가져가는 것이 좋을 거요."

"필요 없소."

강혁준은 고개를 저으며 말했다.

"나는 이미 경고했수다."

강혁준은 죽이 든 그릇을 들고 빈자리에 앉았다. 제 아무리 철인이지만 음식은 꼭 필요하다.

"……."

맛이 더럽게 없었다. 처음부터 기대는 하지 않았지만 말이다. 그저 기계적으로 입에 꾸역꾸역 죽을 밀어 넣었다.

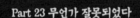

## Part 23 무언가 잘못되었다

"이곳이란 말이지."

이종태는 칠이 벗겨진 건물을 가리키며 말했다.

"네. 창녀들에게 물어본 결과 여기로 들어갔답니다."

지금 그는 떠돌이 한 명을 잡기 위해 많은 수의 부하들을 데리고 왔다. 그뿐만 아니라 화기로 중무장한 상태였다.

'놈은 노련한 각성자일 확률이 높다. 어설프게 건드렸다가 이쪽이 다칠 수도 있지.'

이종태가 그나마 탄광 마을의 책임자가 될 수 있었던 것은 그나마 용의주도한 면이 있었기 때문이다.

"10명만 따라와라. 나머지는 여기서 대기해."

50명의 인원이 모두 들어가기에는 안의 공간이 협소하다.

끼이익!

이종태는 거침없이 안으로 들어갔다. 제일 먼저 이곳의 턱수염을 기른 주인장과 눈이 먼저 마주친다.

"……."

눈치 빠른 주인장과 나머지 손님들이 재빠르게 뒷문으로 도망갔다. 정확한 이유는 모르지만 이종태와 그의 똘마니들이 중무장하고 들어왔다. 분명 사단이 일어날 것이 뻔했다.

반면에 강혁준은 아무렇지 않게 계속 식사를 이어나갔다. 이종태는 옆에 부하에게 턱짓으로 명령을 내렸다.

똘마니는 하나가 강혁준 앞으로 걸어갔다.

"어이."

먼저 말을 걸었지만 묵묵부답이었다. 너무 자연스럽게 무시를 당한 것이다. 혁준의 태도에 빡친 그는 발로 탁자를 걷어찼다.

쾅!

탁자가 흔들거리면서 그릇이 바닥에 쏟아졌다. 강혁준은 버려진 죽을 보면서 한숨을 쉬었다. 안 그래도 억지로 먹고 있었다. 차라리 이렇게나마 치워준 그가 고마울 정도로 형편없는 맛이었다.

"얌마. 사람 말이 말 같지 않냐?"

험살궂은 얼굴을 들이밀며 협박을 가한다.

드르륵…….

의자를 뒤로 밀면서 일어섰다. 그리고는 자신을 포위한 이들의 면면을 쳐다보았다.

'생각보다 부지런한 놈들이네.'

어차피 정수를 던져주는 것 자체가 하나의 함정이었다. 물어도 좋고 안 물어도 좋은 그런 미끼가 바로 김준호였던 셈이다.

'차라리 이렇게 직접 찾아와주면 더 편하지.'

그들이 찾아오지 않았다면 내일 아침 일찍 강혁준이 몸소 찾아갔을 것이다. 이렇게 찾는 수고를 덜어준 그들이 오히려 고맙다.

'이 녀석 왜 이리 뻣뻣해?'

녀석의 그릇을 엎어버린 건 좋았다. 하지만 이방인은 별로 놀란 눈치도 아니다.

'겁대가리를 상실한 놈일세. 본보기로 아주 개박살을 내줘야겠어.'

자신보다 나약한 자를 핍박하는 것이 익숙했던 탓일까? 그는 강혁준의 태도를 의심스럽게 생각해야 했다. 하지만 개차반처럼 지내던 평소 행실이 결국 파국을 재촉하고 말았다.

"이 존만한 새끼가. 어딜 눈을 부라리고 있나? 너 죽고 싶나?"

걸쭉한 욕과 더불어 개머리판으로 머리를 후려쳤다. 이렇게 한방 쥐어박아주면 땅바닥을 기어 다니며 용서를 구하기 마련이다.

부웅!

힘차게 휘둘렀는데 너무 쉽게 빗나가고 말았다.

'어라?'

희뿌연 것이 훅하고 들어온다. 그리고 이어지는 것은 엄청난 충격이었다.

뻐억!

강혁준의 철권이 그의 턱을 갈겨버린 것이다. 뼈를 조각조각 내는 것을 넘어서 관절자체가 뒤틀어져버린다.

"억!"

마치 팽이를 보는 것 같았다. 스케이팅 선수가 공중 3회전 점프를 하는 것처럼. 하지만 착지가 큰 감점 요인이다.

콰다당!

볼품사납게 쓰러진 그의 몸은 경련을 멈추지 못했다.

짝짝짝…….

이종태는 감탄했다. 아무리 쓰레기 같은 놈이라고 하더라도 주먹 한 방에 저런 위력을 낼 것이라고 여기지 않았다.

"후후후……. 과연 한가닥하는 모양인데……."

종태가 손을 들어올렸다. 그러자 부하들이 총구를 일제히 강혁준에게 들이댄다. 그가 한 마디만 하면 수십 발의 총알이 발사될 것이다.

'아무리 각성자라고 하더라도 총알을 피할 수 없지.'

내심 상대를 궁지에 몰았다고 생각했다. 그는 미소를 지으며 말을 했다.

"방금 했던 무례는 용서해주지. 하지만 더 이상 허튼 짓을 하면 끝이 좋지 않을 거야."

명백한 협박이다. 하지만 그는 번지수를 잘못 짚었다.

"해 봐."

"뭐?"

"끝이 좋지 않을 거라며? 그게 뭔지 궁금하니까 한번 해보라고."

상대는 가슴을 펴면서 말한다. 너무 당당한 태도 때문일까? 이종태는 일말의 불안감을 느꼈다. 원래 그가 생각했던 시나리오는 이것이 아니었다.

'숨겨 놓은 한수라도 있는 것인가?'

자신도 모르게 뒷걸음을 쳤다. 그리고 바로 입구 바로 옆에 서서 외쳤다.

"죽여버려!"

그의 명령이 떨어졌다. 어차피 정수는 시체 품에서 찾으면 된다.

'멍청한 놈. 살 기회를 주었건만. 그걸 차버리다니…….'

타다다당!

10명의 사수들은 일제히 방아쇠를 당겼다. 소총이 불을 뿜었다.

'아드레날린 러쉬.'

강혁준은 인지력을 높였다. 보통 인간의 육안으로는 날아오는 총알을 감지할 수 없다. 하지만 그런 고정관념을 강혁준은 간단하게 깨버렸다.

티디디딩!

두 자루로 분화된 벨로시카를 풍차처럼 돌린다. 단단하기로 따지면 둘째라면 서러운 검이다. 탄환을 그대로 튕겨내버린다.

"이이익!"

빗발치는 탄환을 튕겨낼 것이라고 누가 예상했겠는가? 똘마니들은 이를 악물고 계속 사격을 가했다.

타닥!

혁준은 자세를 낮추고 그들 무리에 뛰어든다. 강혁준의 민첩성은 51점이 된다. 어찌나 재빠른지 총구가 그의 움직임을 따라가지 못했다.

휙! 휙!

가볍게 검을 휘둘렀다. 하지만 그 결과는 엄청난 결과를 불러일으켰다.

툭! 투툭!

둥근 팔뚝이 바닥을 뒹군다. 너무 깨끗하게 잘린 것이 무슨 색종이를 자른 것처럼 보일지경이다.

"으아아악!"

단번에 양손을 잃은 그는 비명을 질렀다. 뒤늦게 피가 분수처럼 옆으로 질척이며 쏟아진다.

"멍청아! 계속 공격해."

당황해하는 모습이 역력하다. 이종태는 큰 소리로 다그쳤지만, 큰 도움이 되지 못했다.

스걱!

희생자는 순식간에 늘어났다. 그는 한 마리의 물찬 제비처럼 공간을 넘나들며 적들을 유린했다.

투다다!

뒤늦게 총구가 그를 따라가지만 오히려 아군을 사격하고 말았다.

"내 다리!"

붉은 피가 바닥을 적신다. 다만 그것은 모두 스트롱홀드의 것이었다. 그 누구도 강혁준에게 외상을 입히지 못했다.

'위험해! 위험해! 위험해!'

무언가 단단히 잘못되었다. 스트롱홀드의 본진에도 높은 등급의 각성자는 있었다. 하지만 그 누구를 데려와도 강혁준처럼 압도적인 능력을 보여줄 자는 없었다.

이제 몸 건강하게 서 있는 부하는 단 두 명뿐이었다. 그들이 쓰러지면 다음 상대는 이종태 자신이었다.

'기회는 지금이다.'

다급한 마음이었지만, 행운이 그를 따르는 것 같았다. 왜냐하면 강혁준은 무방비하게 등을 보이고 있었기 때문이다.

철컥!

종태는 멋들어지게 매그넘 한 자루를 꺼내었다. 평소에도 열심히 사격연습을 했다. 상대가 눈치 채지 못한 지금 등에다 멋지게 한 방을 넣는 것이다.

'뒈져!'

탕!

방아쇠를 당기자 작약이 폭발한다. 그 추진력으로 탄환이 앞으로 나아간다. 그것은 일직선으로 날아간다.

목적지는 상대의 등 한복판!

여지없이 그것은 혁준을 관통하리라고 생각했다. 하지만 그것은 그의 착각에 불과했다.

"훗!"

강혁준은 이미 그의 의도를 파악하고 있었다. 마치 뒤통수에 눈이라도 달린 것처럼 뒤돌아선다. 그리고 벨로시카가 비스듬히 허공을 가른다.

스으으으캇!

날카롭게 제련된 벨로시카의 검날은 탄환조차 베어내버렸다. 정확하게 두쪽이 나버린 탄환은 각각 왼쪽 오른쪽으로 지나쳤다.

퍽!

퍼벅!

더 놀라운 것은 그 다음 일이었다. 두 동강 나버린 탄환은 각각 살아남았던 똘마니의 이마에 정확히 박혀든 것이다.

이종태가 쏘아낸 회심의 사격은 오히려 그들의 부하를 죽이는데 일조해버린 것이다.

'말도 안 돼. 어떻게 그것이 가능하지?'

직접 눈으로 보고도 믿겨지지 않는다. 오히려 악몽을 꾸고 있다는 것이 더 그럴싸하게 느껴졌다.

"겨우 이정도로 큰 소리친 건가?"

"……."

이종태는 문을 열고 밖으로 뛰쳐나갔다. 상대는 괴물이었다.

강혁준은 도망가는 그를 붙잡지 않았다. 어차피 그는 부처님 손바닥 안이었다.

"무슨 일입니까?"

밖에서 대기하고 있던 부하가 종태를 보고 되물었다. 무슨 귀신이라도 본 것처럼 안색이 하얗다.

"놈… 놈은 괴물이야."

종태는 겁을 먹고 있었다.

반면에 부하들은 이해가 안 가는 표정을 하고 있었다. 제 아무리 강해도 혼자다. 그 반면에 자신들은 무려 숫자가 50명에 가깝지 않은가?

끼이익.

문이 열리고 강혁준이 걸어 나온다. 그는 오만한 표정으로 아래를 내려다보았다.

'합쳐서 47명. 몰살까지 10분이면 충분하겠군.'

계산은 끝났다.

강혁준은 아래에 있는 50명의 적대자들을 향해 돌진했다.

"어? 어어?"

너무 손쉽게 근접을 허락해버렸다. 상황판단이 전혀 되지 않았던 탓도 있지만, 그것보다는 인간의 한계를 초월한 그의 피지컬 때문이었다.

파아앗!

두 자루였던 벨로시카는 다시 대검형태로 합쳐졌다. 무리 안으로 뛰어든 그는 왼발을 강하게 땅을 내려쳤다.

쾅!

멈추기 위해 진각을 밟은 것이다. 자동차로 따지면 브레이크를 밟은 것이지만. 그 결과 땅바닥이 일순 밑으로 꺼져버린다.

푸화아악!

강혁준은 끌고 오던 벨로시카를 위로 올려쳤다. 옆구리에서 시작한 사선은 정확히 어깨 상단까지 치고 지나갔다.

두둥실!

비명은 없었다. 반면에 희생자의 상반신은 엄청난 위력에 의해 허공을 떠올랐다. 그것이 땅에 닿기도 전에 벨로시카는 다음 희생자를 찾아냈다.

파바박!

한 번의 칼질로 충분했다. 그 누구도 강혁준의 일도를 받아내지 못했던 것이다. 벨로시카는 만족을 모르고 계속 피를 탐했다.

푸확!

순식간에 그의 주위에는 시체가 쌓인다. 그동안 반격이 없었던 것은 아니었다. 강혁준을 향해서 사격을 가하는 자도 있었다.

대부분 빗나가버렸지만.

'거슬리는군.'

날아오는 총알은 모두 쳐내거나 피하면 그만이다. 하지만 그러기 위해서 아드레날린 러쉬를 발동해야 한다. 그것은 필요이상의 에너지 소모였다.

'그것을 사용해볼까?'

이런 때에 쓰기 좋은 스킬이 기억났다.

─살인귀의 포효(D등급)(액티브): 스킬을 발동하면 자신보다 약한 적들에게 공포를 선사합니다. 마력과 상관없이 사용할 수 있는 스킬입니다. 하루에 한 번 사용가능합니다.

강혁준에 비해서 스트롱홀드의 똘마니들은 낮은 등급이었다. 그것에 저항할 수 있는 자들은 소수에 불과하다.

"쿠오오오!"

넋을 통째로 흔들어버리는 위력이었다. 그저 듣기만 했지만 그들은 곧바로 공황상태에 빠지고 말았다.

"으아아악!"

"저리가. 제발!"

반응은 각기 달랐다. 총을 버리고 도망가는 이들도 있는가 하면 땅에 얼굴을 처박는 자들도 있었다.

그렇게 의지를 잃어버린 이를 처치하는 것은 매우 손쉬운 일이었다.

푸화아악!

혁준은 전장을 돌아다니면서 하나하나 그들을 참해버렸다. 살아 있어도 하등 도움이 되지 않는 이들이었다.

운 좋게 도망간 이들 몇몇을 빼고 장내는 완전히 정리되었다. 마지막 생존자인 이종태만 제외하고 말이다.

"살… 살려주십시오. 제가 무지한 탓에 실례를 저질렀습니다."

목숨을 부지하기 위해서 무릎 꿇는 일은 이종태에게 어려운 일은 아니다. 반대로 강혁준 역시 무릎 꿇고 용서를 비는 자를 참하는 일이 어렵지 않았다.

좌악!

단번에 휘둘러지는 벨로시카.

목을 잃은 시체는 금세 뒤로 무너졌다.

"이제 다리 뻗고 잘 수 있겠군."

## Part 24 피각수

"우와와와……."

함성이 크게 울린다. 그곳의 원래 용도는 실내 체육관이었다. 하지만 스트롱홀드의 지배하에 들어서자 그곳은 끔찍한 콜로세움이 되고 말았다.

"죽여!"

"뭐해. 얼른 쑤시라고!"

입에 침을 튀겨가면서 소리를 지른다.

중앙 무대는 철창으로 감싸여져 있었는데 그 안에는 혈투를 벌이는 두 사내가 있었다.

"죽여! 죽여! 죽여!"

광기가 그곳을 점령하고 있었다. 룰은 간단하다. 살기

위해서는 상대를 죽이는 것.

그저 관객의 재미를 위해서 비각성자 둘은 서로의 몸을 찔러야 했다.

"큭······."

서로의 피죽만 긁다가 드디어 치명타가 터졌다. 날카로운 비수가 복부에 박혀든 것이다.

푸욱! 푸욱! 푹!

승기를 얻은 사내는 마구 그의 배를 쑤셨다. 이미 상대는 더 이상 반항을 할 수 없었지만 그는 그것을 멈추지 않았다.

"으아아아!"

그는 절규를 터뜨리며 계속 찌른다. 바닥에 쓰러진 패배자는 손을 힘없이 들어 올린다. 하지만 그것은 이내 바닥에 떨어진다.

"으하하······. 잘한다!"

"시파아알! 정수만 날렸잖아."

상반된 반응이 터져나온다. 관객들은 둘의 싸움을 보면서 돈을 걸었던 것이다. 누군가에게는 목숨을 건 사투였지만, 그들에게는 즐거운 유흥거리에 불과한 것이다.

"······."

실내 체육관에서 제일 자리가 좋은 곳.

옥좌라고 할만큼 커다란 의자에서 한 명의 남자가 경기를 관람하고 있었다. 그 주위에는 커다란 몸집을 가진 사내

여럿이서 그를 경호하고 있었다.

"재미없어."

그는 무료하게 말했다.

방금 한 사람의 인생이 덧없이 사라졌지만. 그것이 그 사내에게는 그 어떤 감흥도 되지 못했다.

"송구합니다."

콜로세움의 책임자가 고개를 숙이며 말했다. 그도 제법 높은 위치에 있었지만 자리에 앉은 이에 비하면 하루살이에 불과했다.

"왜 따분할까?"

그는 질문을 했다. 자리에 있던 이들은 모두 눈동자를 굴린다. 대답을 하지 못하면 그들 중 하나는 죽는다.

"다섯."

옥좌에 앉은 사내가 카운트를 세기 시작한다.

"넷."

꾸울꺽.

누군가가 침을 삼킨다. 평소에 쓰지 않던 두뇌를 굴려보지만 마땅히 해답이 나오지 않는다.

"셋."

압박감에 참지 못한 자가 말했다.

"규모를 더 크게 하겠습니다. 한 번에 수십 명을 데려놓고 배틀 로얄을 하는 것이죠. 그 중에서 한 명만 살아남도록 하는 겁니다."

옛 영화에서 아이디어를 얻은 것이다. 하지만 정답은 아니었던 모양이다.

탕!

흰 연기가 총구에서 피어오른다.

털썩!

나름 머리를 써서 발표를 한 이는 이마가 뚫려 사망했다.

"둘."

카운트는 계속 이루어졌다. 하지만 아무도 그럴싸한 대답을 하지 못했다.

"하나!"

모두 눈을 질끈 감는다. 이제 곧 누군가가 죽을 것이다. 그것이 자신이 되지 않기만을 하늘에 빌었다.

"하아…… 덜 떨어진 녀석."

발사는 없었다. 오히려 옥좌에 앉은 사내는 진중한 표정으로 말했다.

"너희들은 엔터테이너가 무엇인지 몰라. 자고로 말초적인 재미로만으로는 롱런할 수가 없단 말이지."

그는 의자에 깊게 기대었다. 그리고는 또박또박 말을 이어나갔다.

"스토리가 없어. 감동이 없어. 희노애락이 없잖아. 피만 많이 튄다고 만사가 해결되는 것이 아니라고. 뜨거운 쏘울이 느껴져야 비로소 예술이 완성되는 것이다."

짝짝짝……

그의 말이 끝나자 동시에 박수가 터져 나온다.

"그런고로 다음에는 연인 사이끼리 붙여보든가. 사랑하는 이를 위해서 희생을 할 것인지? 그렇지 않다면 살아남기 위해 더욱 피 터지게 싸울 것인지. 눈물 없이 볼 수 없는 휴먼 드라마를 찍어보라고!"

사람의 탈을 쓰고 하는 말이 너무 끔찍하다.

"역시 명안이십니다. 피각수님."

콜로세움을 책임지는 자가 고개를 숙이며 말했다. 옥좌에 앉아있던 사람은 스트롱홀드의 지배자인 피각수였던 것이었다.

그의 외견은 키 190cm에 상반신이 과하게 발달되어 있었다. 머리는 봉두난발처럼 길렀는데, 그 사이에 비춰지는 눈빛은 분명 정상인의 그것이 아니었다.

"피각수님."

가까이서 보좌를 하던 이가 다가와서 귀에 속삭인다. 피각수는 고개를 끄떡이며 말했다.

"들여보내."

일련의 무리가 들어온다. 그들 중앙에는 죄인처럼 보이는 이가 있었다. 엄청 두드려 맞은 모양인지 얼굴이 심하게 부어있었다.

"이 놈이야?"

"네. 그렇습니다."

피각수는 자리에서 일어났다. 그리고는 죄인에게 천천히 다가갔다.

"이름이?"

"으……."

그는 인사불성 상태였다. 피각수의 말을 제대로 알아듣지도 못했다.

"제대로 조져놓았네. 아주 솜씨가 훌륭하군. 누가 이렇게 했냐?"

피각수는 감탄한 듯 말했다. 그의 칭찬에 고무 받은 이가 나서서 말했다.

"제가 그렇게 했습니다. 감사합니다."

"이야~ 아주 사람을 떡으로 만들어 놨구만. 훌륭해. 아주 훌륭해. 근데 말이야……."

피각수는 그에게 다가가서 순식간에 그의 목을 틀어쥐었다.

"큭!"

"취조를 하려면 적어도 말을 할 수 있게 해놔야 하는 것 아니냐?"

"크…읍. 죄…죄송합…."

"죄송하면 대가를 치러야지."

추와아아악!

피각수에게 붙잡힌 사내의 몸이 쪼그라들기 시작했다. 얼마 지나지 않아 그는 미이라가 되어버리고 말았다.

-에너지 드레인(B등급)(액티브)(소모마력:1): 터치하는 것만으로 체력과 마력을 흡수합니다. 강력한 회복효과로 상처수복이 가능합니다. 흡수한 에너지는 다른 이에게 전달도 가능합니다.

스트롱홀드 내에서 그가 가진 권력은 무소불위였다. 따라서 모든 희귀한 정수는 그에게 흘러 들어왔다. 피각수는 에너지 드레인 외에도 강력한 스킬을 다수 가지고 있었다.

"하여튼 멍청한 놈들 때문에……."

인사불성이 된 죄인의 이마위에 손을 올려놓는다. 흡수한 에너지를 전달하자 인사불성이 된 그의 몸은 금세 복구가 되었다.

"이름은?"

피각수의 질문에 죄인은 몸을 부르르 뜬다. 눈앞의 사내가 얼마나 잔악한 자인지 죄인은 잘 알고 있었기 때문이다.

"김…준호입니다."

"그래. 준호군. 겁먹지 말고 있었던 일을 잘 설명해 봐."

"저… 저는……."

김준호는 광산 마을에서 운 좋게 살아남은 똘마니 중 하나였다. 다만 스트롱홀드는 탈영병에 대한 대우는 그리 좋지 못했다. 다만 유일한 목격자란 이유만으로 아직 목숨을 부지한 것이다.

"그러니까 웬 부랑자 한 놈에게 소대 하나가 전멸했다고?"

"그… 그렇습니다."

탄광 마을이 하나가 날라 갔다. 제법 큰 손실이지만 감수할 수는 있다. 하지만 그 내용이 문제다.

"꼴이 우습게 되었군."

스트롱홀드가 비각성자를 지배하는 방법은 공포였다. 피각수의 군대는 잔악한 것과 동시에 패배를 몰라야 했다.

피각수는 다시 뒤돌아서서 옥좌에 앉았다.

"사냥개들은 어디 있어?"

사냥개란 스트롱홀드에서 운영하는 정예 각성자들을 지칭하는 단어였다. 강력한 데몬을 사냥해서 정수를 수집하는 것이 그들의 목적이었다.

"오후 늦게 헌팅하러 갈 예정이었습니다만."

"그 놈들 투입해."

피각수의 명령은 매우 파격적인 것이었다. 다른 이들이 보기에는 닭 잡는데 소 잡는 칼을 쓰는 격이었다.

"알겠습니다."

그렇다고 피각수가 내린 결정에 토를 달 수 없는 일이었다.

"이 자는 어떻게 할까요?"

김준호에 대한 처분을 묻는 것이다. 피각수는 한숨을 쉬면서 말했다.

"사냥개들에게 보내. 그 떠돌이의 얼굴을 아는 놈은 저녀석뿐이잖아."

그의 말대로 강혁준의 얼굴을 본 사람은 김준호가 유일했다. 결국 김준호는 이용가치에 따라 목숨을 부지할 수 있었다.

✤

강혁준은 광산 마을에서 한가로이 시간을 보내고 있었다.

'언제 오려나?'

해먹 위에 편하게 누워서 그는 시간을 보내고 있었다.

지난 전투에서 강혁준은 스트롱홀드의 똘마니들을 모조리 죽일 수 있었다. 하지만 그는 일부러 생존자를 남겨두었다.

그들이 피각수에게 쪼르르 달려가 자신에 대해서 일러바칠 수 있도록 말이다.

전투가 끝난 후.

강혁준은 마을 사람들과 그 어떤 피드백도 가지지 않았다. 피각수처럼 새로운 지배자로 군림하는 것도 아니다. 그렇다고 비각성자들을 압제에서 해방시켜 줄 구원자는 더더욱 아니었다.

강혁준은 그저 자연재해였다. 60명의 스트롱홀드는 그것에 휘말렸고, 결국 흔적도 없이 박살이 난 것이다.

'그들이 곧 온다. 여기에 있으면 모두 죽은 목숨이라고!'

'어서 이곳을 빠져나가야 해!'

강혁준과 스트롱홀드는 서로 부딪힐 수밖에 없다. 고래 싸움에 새우등이 터진다고 한다. 봉변을 피하기 위해 주민들은 모두 마을을 떠난 후였다.

휘이이이이……

바람에 의해 먼지가 거칠게 피어오른다. 그것이 잠잠해지자 멀지 않은 곳에서 일련의 사람들이 보였다.

스트롱홀드의 정예 멤버.

20인으로 이루어진 사냥개들이었다. 강혁준을 잡기 위해서 특별히 파견된 이들이었다.

"대장. 놈이 이곳에 있을까요?"

멀지 않은 곳에 탄광마을의 모습이 드러났다. 부하중 하나가 그것을 가리키며 질문을 한 것이다.

사냥개들을 이끄는 대장 백동수는 고개를 저으며 대답했다.

"이미 마을에서 벗어났을 것이다."

"그렇다면 이번 출정은 헛수고가 아닙니까?"

의뭉스러운 표정으로 부하가 되물었다. 하지만 이들중에서 그나마 똑똑했던 백동수가 출정 이유에 대해서 알려주었다.

"설사 그를 잡지 못해도 상관없다. 우리가 할 일은 아직 스트롱홀드가 건재하다는 사실을 널리 알리는 것이니까."

어떤 일이 있어도 스트롱홀드는 굳건한 존재가 되어야 한다. 비각성자들이 혹시 다른 마음 품지 못하도록 말이다.

"휴……. 차라리 그 놈이 여기에 있었으면 좋겠습니다. 기회만 된다면 제가 아주 개박살을 내놓게 말입니다."

"놈은 혼자서 소대 단위를 해치워버렸어. 너라면 할 수 있겠나?"

그의 질문에 부하는 머쓱한 표정을 지었다.

"저라면 힘들지도 모르지만. 대장이라면 가능하지 않습니까?

불멸자 백동수.

이름 석자보다 유명한 것이 그의 별명이었다. 그가 그런 별명을 가질 수 있었던 이유는 고유 특성 때문이었다.

이모탈(A등급)(패시브): 거의 불멸의 존재나 다름없습니다. 어떤 상처라도 순식간에 수복이 가능합니다. 단 재생을 할 경우 신진대사가 활발해져서 허기를 느끼게 됩니다.

그가 가진 탱킹 능력은 무시무시했다. 웬만한 상처는 그 즉시 회복해버린다. 게다가 그가 가진 물리저항 수치는 무려 25점이나 된다.

괴물 같은 재생능력과 물리저항이 합치자 그는 무적의 탱커가 되었다. 말 그대로 일당백의 주인공인셈이다.

그는 팀의 주요 탱커이지만, 반면에 리더로서 진중한 면모도 있었다.

'말은 안했지만 어쩌면 이번 사건의 배후는 그들일지도.'

스트롱홀드가 득세하면서 웬만한 각성자 무리는 자연스럽게 흡수되었다. 하지만 모두가 그런 것이 아니었다.

소수의 각성자들은 스트롱홀드의 약육강식 방식을 격렬하게 반대했던 것이다. 한차례 탄압이 가해졌고 겉으로 보기에는 소탕된 것처럼 보였다. 하지만 겉으로 그렇게 보일 뿐, 그들의 세력이 아직 건재하다는 사실은 알 사람은 다 아는 것이다.

'아마 피각수님도 그들을 염려한 것이 분명하다. 무슨 일이 있어도 그들이 이번일로 이득을 보지 못하게 해야 해.'

정확히 밝혀진 것은 없었다. 그렇기에 더욱 철저하게 조사되어야 한다고 그는 생각했다.

"멈춰!"

앞장 서서 가던 스카우터가 손을 들었다. 팀에서 정찰을 중점적으로 맡고 있는 각성자였다. 남들보다 뛰어난 시력과 후각을 지닌 그는 추적의 달인이었다.

"무슨 일이지?"

백동수의 물음에 스카우터가 대답했다.

"마을 입구에 사람이 있습니다. 그런데……."

"말해봐."

"누워서 자고 있습니다."

백동수는 오히려 심중한 표정을 짓고 말았다.

"함정인가?"

✤

"소심한 녀석들이네."

강혁준은 기지개를 펴면서 말했다. 일부러 스트롱홀드의 척후대가 오기를 기다렸다. 조무래기가 오든 본대가 출동하든 크게 상관없다.

강혁준은 이곳에서 그들을 정리해버릴 작정이었으니까. 다만 새로 이곳에 도착한 놈들은 생각보다 조심스러운 녀석들이었다.

벌써 30분 동안.

그들은 접근조차하지 않았다. 백동수는 함정이라고 생각해서 매복을 살피고 있었던 것이다.

"대장. 샅샅이 뒤져보았지만 아무도 보이지 않는데요."

정찰을 마친 스카우터가 말했다. 그의 말은 틀린 것이 아니었다. 마을에는 개미새끼 한 마리도 보이지 않았으니까.

"혹시……."

불현듯이 드는 생각이 있었다. 해먹에서 편하게 누워있는 이가 어쩌면 그 문제의 떠돌이일지도 모른다고.

"모두 무장해."

철컥!

스르릉!

마지막으로 백동수는 주먹에 너클을 끼웠다. 그것은 평범한 너클이 아니었다. 순도 높은 정수가 인챈트가 된 무기였다.

파지지직!

너클에서 정전기가 생성된다. 주먹에 스치는 것만으로 감전이 되는 것이다. 사냥개들이 가진 무기 중에서도 제일 위력이 강한 것이다.

"명령을 내리기 전까지 공격하지 말도록."

백동수의 명령에 모두 고개를 끄덕인다.

저벅저벅……

서로의 얼굴이 식별이 가능해질만큼 거리가 가까워졌다. 뒤에서 따라오던 김준호는 눈이 등잔만해진다.

"그… 그가 맞습니다."

이종태를 비롯해서 60명을 무참히 살해한 자가 눈앞에 누워있었다.

'간이 큰 건지. 머리가 멍청한 것인지.'

흥수는 도망가지 않았다. 오히려 지루한 표정으로 사냥개를 기다리고 있었다.

백동수는 오히려 그의 태도가 신선하게 느껴졌다.

"안녕하신가?"

먼저 백동수가 인사를 건네었다.

"듣기로는 자네가 우리 구역에서 약간의 말썽을 일으킨 것 같은데?"

"맞아."

강혁준은 고개를 끄떡인다. 처음부터 부정할 생각도 없었다. 하지만 그의 태도가 사냥개들에게는 큰 반항으로 느껴졌다.

"X만한 새끼가? 뒈질라고 준비운동하는 것 보소?"

"확 배따시를 따서 창자로 줄넘기 해주랴?"

범죄자 출신 때문일까? 입이 매우 험하다.

"대장. 부탁인데, 저 놈에게 평생의 잊지못할 기억을 심겨주고 싶은데요. 저에게 맡겨주시면 안 되겠습니까?"

이마에 혈관이 불쑥 튀어나온 부하가 소리쳤다. 백동수가 크게 소리쳤다.

"시끄럽다."

그의 일갈에 순식간에 조용해진다. 그가 보기에 강혁준은 능력은 있지만 자신의 분수를 모르는 사람이었다.

'확실히 쓸모는 있겠어.'

이미 전투력은 증명이 되었다. 그에 더해 사냥개들 앞에서 기죽지 않는 배포가 오히려 마음에 들었다. 백동수는 진심을 숨기지 않고 제안을 했다.

"후후……. 자네 제법 마음에 드는군. 실력도 그만하면 뛰어나고 말이야."

피각수가 무지막지한 폭군처럼 보이지만, 인재 욕심은 큰 편이었다. 고유 특성이 뛰어나거나 싹수가 보이는 인재들에게는 다량의 정수를 베풀어주기도 했다.

"지금이라도 항복하면 내가 피각수님에게 섭섭지 않게 대우하라고 이야기하지. 스트롱홀드의 일원이 된다면 지금에서 한 단계 더 비상할 수 있다네. 보게나. 이만한 정수를 매일 받을 수 있지."

자신의 주머니에 담긴 무색 정수를 보여준다. 어중이떠중이가 보기에는 분명 탐이 날만한 제안이다. 다만 그는 상대를 잘못 잡았다.

"고작 푼돈으로 이 몸을 사시겠다?"

강혁준은 실소를 참을 수가 없었다.

"하하……. 그렇다면 이런 제안은 어때? 내가 너희 모가지를 다 따버리고 정수를 챙겨가는 거지. 너의 제안보다 훨씬 간단하고 이득도 많을 것 같은데."

명백한 교섭결렬이다.

"흠……. 권하는 술을 마다하고 벌주를 자청하다니. 쯧쯧."

백동수는 혀를 찼다. 하지만 이내 마음을 다잡고 말했다.

"너의 버릇을 내가 직접 고쳐주지. 너희들은 뒤로 물러서 있어라."

백동수는 1:1로 그를 상대할 생각이었다. 말을 안 듣는다면 직접 무릎을 꿇려서 피각수에게 상납할 생각이었다.

그는 단 1%도 패배를 생각하지 않았다. 매일 수십kg 단위로 정수를 흡수하는 그였다. 오히려 강혁준을 다치지 않게 제압하려고 마음먹고 있었다.

반면에 강혁준은 처음부터 20:1의 전투를 염두하고 있었다. 그러던 와중에 백동수의 꼬락서니를 보고 있자니 같잖지도 않다.

'이 놈들. 가만히 두고 있으니 아주 자기 맘대로 소설을 쓰는군.'

어이가 없었다. 하지만 강혁준은 마음을 바꾸었다. 이왕 이렇게 된 거 놈들의 장단에 맞춰주기로 한 것이다.

"자아. 와라!"

〈2권에서 계속〉